Luis Cardoso
Chronik einer Überfahrt

Sonderausgabe für
der andere Literaturklub
Postfach 10 01 16
D-60001 Frankfurt/Main
Erklärung von Bern
Postfach
CH-8031 Zürich

Luis Cardoso

# Chronik einer Überfahrt

Roman

*Aus dem Portugiesischen (Timor)*
*von Karin von Schweder-Schreiner*

Aufbau-Verlag

Die Originalausgabe unter dem Titel »Crónica de Uma Travessia«
erschien 1997 bei Publicações Dom Quixote, Lissabon.

Mit einem Vorwort von José Eduardo Agualusa

Die Übersetzung des Romans entstand mit Förderung durch das
Instituto Português do livro e das bibliotecas, Lissabon.

Instituto Português do
Livro e das Bibliotecas

Ministério da Cultura

ISBN 3-351-02923-3

1. Auflage 2001

Einbandgestaltung Henkel/Lemme
Druck und Binden Wiener Verlag, Himberg
Printed in Austria

www.aufbau-verlag.de

# Vorwort

Luis Cardoso de Noronha kam in Cailaco zur Welt, einem Ort im Landesinnern von Timor. Als Sohn eines umherziehenden, Mambae sprechenden Calade, und einer ihm folgenden, Laclei sprechenden Calade, die sich für das von den Portugiesen vereinfachte Tétum als offizielle Sprache ihres Hauses entschieden hatten.

In Timor besuchte er die Missionsschulen von Soibada und Fuiloro sowie das Priesterseminar in Dare. Als am 25. April 1974 in Portugal die Revolution stattfand, war er Schüler des Lyzeums Dr. Francisco Machado in Dili, danach ging er zur weiteren Ausbildung nach Portugal. Während des Bürgerkriegs und der anschließenden Besetzung durch Indonesien befand er sich im Exil, wo er sein Studium der Forstwirtschaft am Instituto Superior de Agronomia in Lissabon beendete. Im Laufe der Ausbildung lernte er das wissenschaftliche und lyrische Werk von Ruy Cinatti kennen, das ihm half, sich auf die konkrete wie auch die übernatürliche Welt von Timor zu besinnen. Er war Vertreter des Nationalen Widerstandsrats der Maubere, außerdem betätigte er sich als Erzähler von Geschichten aus Timor, Chronist der Zeitung *Forum Estudante* und Lehrer für Tétum und Portugiesisch in der Fachausbildung für Timoresen.

## Statt eines Vorworts

Kennengelernt habe ich Luis Cardoso 1981 am Instituto Superior de Agronomia. Damals war Timor noch ein Ort außerhalb der Welt. Xanana Gusmãos Guerilleros starben in den Bergen, und kein Mensch wußte davon – schlimmer noch, kein Mensch wollte davon wissen. Manchmal sprach Luis von der Zukunft, so als gäbe es eine Zukunft. Diese entschiedene, wilde Hoffnung jenseits jeder simpelsten Vernunft kam mir wie eine Krankheit vor. Er jedoch vertrat seine Positionen mit der geduldigen Höflichkeit eines orientalischen Fürsten, weshalb mir nur übrig blieb, so zu tun, als glaubte ich ihm. Fünfzehn Jahre später gab die Zeit seiner Hoffnung recht. Heute beschäftigt sich ein wesentlicher Teil der Welt mit Timor, und wenn ein Guerillero in den Bergen einen Schuß aus seiner Waffe abfeuert, ist das Echo in Jakarta zu hören.

Mit der Veröffentlichung dieser *Chronik einer Überfahrt* fügt Luis Cardoso dem Kampf um die Freiheit von Timor eine neue Dimension hinzu: die dem Vergessen entrissene Erinnerung. In einem Land, das fast keine schriftliche Literatur besitzt, ist die Vergangenheit eine fragile, rasch verglühende, sich verflüchtigende Zeit. *Chronik einer Überfahrt* verbindet persönliche Erinnerungen – dieser Text ist bewußt autobiographisch und folglich realistisch – mit dem reichen magischen Universum der Timoresen.

Bei den Lesern dieses Buches könnte deshalb der Eindruck entstehen, daß Luis Cardoso an die lateinamerikanische Schule des Magischen Realismus anknüpft. Kein Unheil käme über die Welt, wenn dies so wäre. Doch weit entscheidender als der Einfluß von literarischen Vorbildern aus anderen Kulturräumen ist der Umstand, daß dieser erste timoresische Romancier sich vom Exil niemals hat unterkriegen lassen. Luis Cardoso schreibt, wie er schreibt, weil er nach wie vor von Timor erfüllt ist, einem Land, in dem die Grenzen zwischen Mythos und Realität, zwischen erzählter und historischer Geschichte, zwischen Traum und Leben fließend sind.

Überraschend war für mich bei der Lektüre, daß ich ein Territorium kultureller Integration entdeckte, wo Menschen aus allen Himmelsrichtungen zusammentreffen (Einwanderer von den Kapverden, aus politischen Gründen verbannte Portugiesen, ehemalige Militärs aus Guinea und Angola), einen Schmelztiegel der portugiesisch sprechenden Gemeinschaft und damit eine liebevolle Hymne auf die Vermischung der Völker.

Timor brauchte dieses Buch.

*José Eduardo Agualusa*

# 1.

Es war ein warmer Donnerstag, dieser Tag im Juni 1990. Wie jeden Morgen überquerte ich den Fluß auf der Fähre. Eine Angewohnheit, um ein altes Vergnügen zu genießen. An jenem Tag trug ich weiße Kleidung, kein Fleck darauf, kein Schweiß, frisch aus der kalten Dusche, wie damals bei meiner ersten Kommunion, als er mich zum Altar führte. Die Jacarandabäume hatten Lissabon zur Feier der zurückgekehrten Wärme und des Endes der schläfrigen, dunklen Tage mit liturgischem Lila überzogen. Die Ärzte hatten versprochen, er würde am Wochenende nach Hause kommen, genausogut hätten sie sagen können, am Ende des Tages, des Vormittags oder der Zeit. Auf dem Weg zum Krankenhaus sagte meine Mutter, wie immer bemüht, ihre Gefühle vor mir zu verbergen, ihr sei im Traum angekündigt worden, er habe seine Sachen geordnet und sei auf die Reise gegangen. Auf ihrem Gesicht lag ein ruhiger Ausdruck, als wollte sie damit sagen, daß er auch seine Ruhe habe, aber auf der Stirn standen ihr Schweißperlen, was mir zu verstehen gab, daß er den endgültigen Weg zum Berg Cabalaqui angetreten hatte. Dieses Mal würde er nicht hinunter in die Stadt Dili gehen. Er war müde geworden, und nun ruhte er.

Tage zuvor hatte er das Haus, in dem er wohnte, nicht mehr gefunden und war, durch die Straßen von Seixal irrend, von der Polizei aufgegriffen worden. Die Polizisten sagten, er habe eine fremde Sprache gesprochen und nach jemandem gesucht. Wieder zu Hause, erzählte er, er sei zu dem Dorf Betano gegangen. Er habe nach einem entfernten Verwandten gesucht, den er im Krieg kennengelernt habe, doch der Ort habe sich verändert, seine Einwohner seien verschwunden, die Häuser seien alle weiß gekalkt und von *malaes*, weißen Ausländern, Portugiesen, bewohnt, die kein Mambae sprachen.

Vor vier Jahren war er mit seiner Familie nach Portugal gekommen, um sein Gedächtnis wiederzuerlangen, das er nach der Rückkehr aus dem Urwald bei einem Verkehrsunfall in Dili verloren hatte. Er war mit der Hoffnung auf eine verdiente Belohnung gekommen, auf bessere Tage, nicht so sehr wegen der Arbeit, die er als bekehrter und beflissener Staatsdiener des Kolonialreiches geleistet hatte, sondern vor allem, weil sie, die Timoresen, die erhabene Aufgabe übernommen hatten, das ferne Mutterland während seiner Abwesenheit in schwierigen Zeiten zu vertreten.

Er war Mitglied der UDT und überzeugter Anhänger der Devise *mate-bandera-hum*. Als solcher war er während des Bürgerkriegs von der FRETILIN verhaftet worden, nachdem die Führer seiner politischen Gruppierung Hals über Kopf geflohen waren. Obwohl sie ihn schlecht behandelt hatten, als logische Konsequenz der ebenso schlechten Behandlung der FRETILIN-Kämpfer durch seine Gesinnungsgenossen, die über die Grenze in den Schutz einer anderen Fahne geflohen waren, sagte er immer, er habe alle Meinungsverschiedenheiten in der Gefangenschaft und im täglichen Kontakt mit diesen jungen Männern vergessen, die einen mehr, die anderen weniger kommunistisch, Priester hehrer Ideale im Gewand von Guerilleros, die einen Opfer verlangend, die anderen Opfer bringend, aber sie alle standen mit dem Leben für ihre Sache ein und versprachen das von den Toten versprochene Land. Wenn er an ihre Gesichter und Namen zurückdachte, weinte er jedesmal, zum Ärger der alten Clara, die in der Stadt geblieben war und ihn in spöttischem Ton fragte, ob seine Tränen dem Lotterleben galten, das er dort geführt hatte, getröstet von der im Urwald zurückgelassenen *bibere*. Er entgegnete, für einen einzigen Mann seien zwei Kriege zuviel und zwei Frauen ein überflüssiger Trost. Die Japaner waren abgezogen, nun mußten noch die Indonesier gehen. Wann, das wußte er nicht. Aber er hielt am *mate-bandera-hum* fest. Deshalb, sagte er, empfinde er es als sein legitimes, unverbrüchliches Recht, Portugals Rückkehr zu fordern, damit es sich wieder auf seine Mutterschaft besinne und die Timoresen auf ihre Geburt.

Er war mein Vater. Ein Abkömmling von Familien aus Manufahi, einem Ort, dessen Name nach Schrecken und Verrat klang. Er hatte den Weg so vieler anderer junger Leute von der Südküste eingeschlagen und, nachdem sich die Gemüter und die Feindseligkeiten beruhigt hatten, der aufständische *liurai* sich ergeben hatte und die Untertanen erlöst waren, die Schule von Soibada besucht, 1898 von Ordensbrüdern mit dem Ziel gegründet, Katecheselehrer für die Missionsarbeit auszubilden. Die Zöglinge waren in der Mehrzahl Söhne von *liurais*; ihrer einheimischen rebellischen Umgebung entzogen und anschließend als gebildet eingestuft, trugen sie zur Verbreitung der portugiesischen Sprache, Kultur und Religion bei.

Das war in der Gegend von Samoro, einem feuchten, morastigen Ort, eingezwängt zwischen Gebirgsausläufern mit Blick auf den stolzen Berg Aitara inmitten von Bambushainen, auf dessen Spitze man an der Stelle, wo einmal die heilige Jungfrau erschienen sein soll, eine Kapelle errichtet hatte. Auch Samoro war den Verlockungen und Waffen der intellektuellen und aristokratischen Elite des Lacló-Reiches erlegen, dessen *liurai* Dom Luis dos Reis de Noronha, wie etliche andere aus dem Mutterland, in den Rang eines Brigadiers und Nationalhelden erhoben worden war. Als rechte Hand des damaligen Gouverneurs Filomeno da Câmara hatte er mit dem Sieg über den *liurai* Dom Boaventura aus Manufahi, der sich im Jahre 1912 erhoben hatte, zur Befriedung des Territoriums beigetragen. Die Gründe für den Aufstand lagen nach Ansicht der offiziellen Geschichtsschreiber in dem üblen Charakter und kriegerischen Naturell des rebellischen *liurai*, der die Zahlung von Steuern und Abgaben an die Schutzmacht verweigerte. Damit fand der Gouverneur Anlaß und Argument, die Privilegien der traditionellen Würdenträger, dieser wahren Potentaten, ein für allemal abzuschaffen, zumal das monarchistische Regime in Portugal, Gönner und Schutzherr der einheimischen Mächtigen, gestürzt war.

Mein Vater teilte mir im Vertrauen mit, daß den Geschichten und Gerüchten zufolge, die in den Dörfern, den *knuas*, kursierten, und vor allem dem zufolge, was sein Beschützer und Pate Mestre Mário Noronha, Schwiegersohn des verstorbenen Dom Boaventura, erzählte, es um etwas anderes gegangen sei. Daß die Königin von Manufahi wunderschön und weißhäutig war, womit sie dem Militärkommandanten von Same den Kopf verdrehte und seine Begierde weckte und dieser, obwohl verheiratet und Vater eines Sohnes, dem Zauber in Gestalt einer einheimischen Frau in leidenschaftlicher Liebe erlag; er, ein Militär, Hüter der heiligen Interessen des Vaterlandes und der intimen Geheimnisse der Nation, wollte sie aus einer Verbindung befreien, die seiner Meinung nach widernatürlich war und im Gegensatz zu allen Zielen der Entdeckungen und Eroberungen stand. Seine leidenschaftliche Liebe und Kühnheit kamen ihn teuer zu stehen, denn er bezahlte den Zorn des Stammeshäuptlings und Ehemanns mit dem Leben.

Er, mein Vater, wurde kein Katecheselehrer. Nach Abschluß der Volksschule kehrte er nach Same zurück. Während er auf die Ausbildung als Krankenpfleger wartete, baute er Kaffee an und heiratete meine Mutter, die aus Fahinihan stammte und Laclei sprach. Von einem Priester von den Azoren bekamen sie eine Petroleumlampe geschenkt, einen Petromax, der die gesamte Wanderschaft der Familie in alle Winkel des Territoriums begleiten sollte, mein Zuhause erhellte und meinem Vater auf seinen nächtlichen Wegen leuchtete, wenn er in Ausübung seiner Aufgabe als

Lebensretter unterwegs zum lauten Stöhnen der Sterbenden und dem leisen Wimmern der Neugeborenen war. Für mich jedoch war diese behütete Petroleumlampe, die wie ein Prälat in weißem Ornat und Tropenhelm aussah, das schönste Geschenk, das ich indirekt erhielt, denn sie leuchtete für mich während meiner Kindheit, wenn ich abends versuchte, die Buchstaben des Alphabets zu malen, Wörter zu bilden und vor allem die ersten Texte zu schreiben, in Gesellschaft von Fledermäusen, Käuzchen und anderen seltsamen, ausgefallenen Tieren, die, vom Licht angelockt, von weither auf der Insel kamen, tief aus der Erde und dem Meer, vom Horizont meiner Träume und Alpträume, sich auf das Fensterbrett setzten und erstaunt über meine störende Gegenwart die Augen aufrissen. Später zierten sie die Handlung meiner Aufsätze, was den Katechese- und Grundschullehrer so erschreckte, daß er meinem Vater in den Ohren lag, bis dieser dafür sorgte, daß ich Einzelkatecheseunterricht erhielt und schnell die mich zum rechten Glauben zwingende erste Kommunion.

Die Aufforderung zum Antritt der Krankenpflegerausbildung kam, als der Zweite Weltkrieg ausbrach; als die Japaner in Timor landeten, versorgte er schon die australischen Kommandos, die mit ungeheurem Einsatz gegen die Söhne Nippons kämpften. Bei Kriegsende besaß er Narben, die er wie eine Auszeichnung vorführte, aber auch mit einiger Scheu verbarg; und er hatte viele Geschichten zu erzählen, Namen von australischen Kämpfern, denen er geholfen hatte, nannte er mir vor seinem Tod mit dem Hinweis, eine

Gegenleistung von ihnen für mich zu fordern. Andächtig bewahrte er Geschoßhülsen wie Kriegstrophäen auf und hängte sie an die Decke unseres Hauses, damit sie den bösen Blick, Geister und Einbrecher fernhielten. Später, wenn er meine Mutter die eintönigen, schwermütigen Lieder summen hörte, die sie als Geisel der Japaner im Dorf Ulfu von den Soldaten des Reichs der Mitte gelernt hatte, sang er seinerseits Lieder in englischer Sprache, und es war, als dauerte der Krieg bei uns zu Hause und in ihren Köpfen an. Am Ende hatten über fünfzigtausend Timoresen ihr Leben dafür gelassen, Portugal den Fortbestand seines tragischen Abenteuers zu sichern und Australien die Oberhoheit Ihrer Majestät der Königin von England. Dafür gab es ein paar Flugzeugtrümmer an Land und etliche verrostete, verfallende Boote, die noch heute im Meer vor Timor verrotten und die erschöpften Blicke seiner auf Hilfe wartenden Einwohner auf sich lenken. Unterdessen feierten am Himmel die Raubvögel mit Champagner das Abkommen, das ihnen gestattete, auf hoher See das Fett der Erde zu pumpen, das *minarai* oder Erdöl.

Mein Vater nahm seine Ausbildung wieder auf, und nach dem Abschluß wurde er zur Lehrzeit in die Grenzregion geschickt, das Gebiet der Viehschmuggler, die je nach Monsunregen und Verfolgung mal auf die eine Seite, mal auf die andere flüchteten. Und zu Pferd war er unterwegs in den Dörfern des Distrikts Bobonaro, hochmütig beäugt von den *kuda-uluns*, in Marobo mit seinen warmen Quellen, in Cailaco mit seiner steinernen Festung, in Maliana und der Weite seiner Ebene, immer das Spritzenbesteck im Gepäck, auf der Jagd nach Malaria, Typhus und Ruhr. Nicht selten nähte er einen von oben bis unten zerschundenen Schmuggler zusammen, der sich für die Nacht leichtsinnigerweise mit einem Strick einen Büffel an die Fesseln gebunden hatte, den er aus dem Gehege einer wohlhabenden und dank der Räuberbanden wohlversorgten Viehfarm einer einflußreichen Familie entwendet hatte.

Ich wurde an dem Tag geboren, als er auf dem Heimweg nach Cailaco von einem Schmuggler überfallen wurde, der nur Schutz und Stillschweigen verlangte. Er hieß Landa und sagte, er stamme von einer entlegenen Insel, er sei von zu Hause geflohen, nachdem er wegen der Entführung seiner Frau Blutrache geübt habe, und er habe die andere Seite durchquert, um hinter der Grenze unter einer anderen Fahne Zuflucht zu suchen. Er war ein Meister des *silat*, der martialischen Kunst, die Sandokan so hervorragend beherrschte. Offiziell gab er sich als Viehhändler aus, der nun weder Hab noch Gut und erst recht keine Fahne mehr habe. In etlichen anderen Kämpfen habe er seine Herde, seine Frau und ein Auge verloren. Er wurde dafür eingesetzt, sich um mich zu kümmern, und lehrte meinen Vater im Schein des Vollmonds *silat* und andere Zauberkünste. Zwei Jahre später wurde ich in der Missionsstation Laclubar getauft, wohin der junge Krankenpfleger gegangen war, der sich nun unter dem Einfluß des Magiers Landa auch als Zauberheilkundiger betätigte, wenn das Penicillin und andere Arzneien versagten. Dieser Ort lag sehr nah bei Soibada, diesem Hort des Wissens, unweit der Erdgasvorkommen von Pualaka und den ewigen Flammen, die aus dem Erdinnern loderten. Der Familien-Petromax erhielt fortan gratis Petroleum aus diesem Quell. Der alte Landa war nicht mit uns umgezogen, er fühlte sich in der Nähe des Niemandslands, das die anderen Grenze nannten, sicherer.

Zu uns ins Haus kamen einige Katecheselehrer, krank oder so gut wie, ehemalige Mitschüler meines Vaters, die nun in der Schule von Soibada unterrichteten. Lächelnd ließen sie die Hose herunter, um sich eine Spritze geben zu lassen, und mir wurde gesagt, dies seien die Lehrer, denen ich eines Tages zur Erziehung anvertraut würde. Mit schmerzverzerrtem Gesicht zogen sie die Hose wieder hoch und reagierten entzückt, wenn mein Vater stolz ihre Namen aufzählte, doch in meinen Ohren klangen sie wie auf meinem Gesäß zersplitternde Bambusstöcke, als hätte ich schmerzhafte Penicillinspritzen erhalten. Da standen sie, einer hinter dem anderen, und erwarteten mich vor dem Altar Samoro.

Nachdem die Anweisung gekommen war, das kalte, windige Laclubar zu verlassen, wo man Tee, Erdbeeren und Khakipflaumen anbaute und Büffelmilch trank, und die Koffer, alle Habseligkeiten und der Petromax gepackt waren, stiegen wir von der Hochebene von Cribas hinab, und da es regnete, rutschten die Pferde auf den schlammigen Wegen aus. Mir fiel die Schweigsamkeit meiner Erzeuger auf, als schleppten sie eine schwere Last oder müßten eine herzzerbrechende Strafe oder Buße ableisten. Das Tal des

Lacló-Flusses erstreckte sich über eine weite, von Reisfeldern gesäumte Ebene; später sollte ein Gouverneur versuchen, sich hier ein Denkmal zu setzen, indem er, gleich dem Staatschef im Mutterland, eine Brücke mit seinem Namen bauen ließ, doch die wilden, unbändigen Wassermassen der Monsunregen verwandelten sie nach und nach in einen Trümmerhaufen – eine Vorankündigung der Zukunft. In den zu viereckigen Parzellen abgeteilten Reisfeldern schliefen dunkle Büffel, und Männer mit nacktem Oberkörper kamen heraus, die ihre schweren, von Elefantiasis geschwollenen Beine nachzogen, einer in den überfluteten Feldern auftretenden Krankheit, auf Tétum, wie mein Vater sagte, *ain-potes* genannt, was für mich so klang wie Füße in der Form von Stiefeln.

Ein alter Chevrolet erwartete uns in Manatuto. Schon bald betätigte der Fahrer die Kurbel, und der Wagen schnaufte und brummte durch die trockenen Berge von Subão voller Geröll und weißem Eukalyptus, hinter denen sich der mächtige Marmorbruch verbarg, der heute von den Indonesiern abgebaut wird. An jeder Kurve stand eine kleine Kapelle, eine Heilige, ein weißes Kreuz mit dem Namen eines Verstorbenen, das zur Vorsicht gemahnte. Meine Mutter ließ an jeder Station halten und sprach ein Gebet, damit uns nicht das gleiche Schicksal ereilte wie jene, die an dem tiefen, mit scharfen Felsen gespickten Abhang über einem ruhigen, blauen Meer, in dem weit draußen die Haie lauerten, umgekommen waren.

In Dili brannte noch kein Licht, als man uns am Strand

von Lecidere in der Nähe des Bischofspalastes absetzte. Wir gingen zur Residenz des Bischofs, damals Dom Jaime Garcia Goulart, und er segnete uns, ob aus Mitleid mit meiner Familie oder ob er die harte Arbeit des dank seines Berufs Heimatlosen segnete, weiß ich bis heute nicht. Meine Mutter zündete am Strand besorgt den Petromax an und lief den ganzen Küstenstreifen entlang, um das Meer nach dem *beiro* abzuleuchten, das uns auf die Insel Ataúro bringen sollte, die sich in der abendlichen Dunkelheit wie eine zur Selbstverewigung erdgewordene Riesenschildkröte wölbte. Ich bekam Angst, das Boot könnte auf der nächtlichen Fahrt vom Kurs abkommen, einem anderen Stern folgen, von willkürlichen Winden und Gegenströmungen abgetrieben werden und in eine andere Richtung, zu einem anderen Ziel fahren.

Kurz darauf bekam unsere einsame Familie Verstärkung durch die Gesellschaft eines afrikanischen *cipaio*, ein Abkömmling von verbannten Moçambiquanern, den berühmten Landins, die als Kriegsknechte und zum Niederschlagen von Aufständen der Einheimischen eingesetzt wurden. Ich konnte nur seine weißen Zähne sehen und seine sonore Stimme hören, mit der er dröhnend lachte und einem Gefangenen befahl, ins Boot zu steigen, ob politischer Häftling oder normaler Delinquent, das war in dem Augenblick egal für alle, die im Boot saßen, denn wir hatten alle dasselbe Ziel.

Im Boot sah ich ihn zum ersten Mal von nahem. An Land wirkte er winzig, aber auf See war er die Autorität. Er war der *sokão*, der Bootsführer. Er trug nur eine Art Lendenschurz oder *hakfolik*, das knappe Kleidungsstück derer, die zwischen Himmel und Meer unterwegs sind. Er setzte sich ins Heck, griff nach einer *cipu*, einer weißen Muschel, und im selben Augenblick gingen die Lichter der Stadt an. Er setzte die Muschel an den Mund und richtete sie auf, als wollte er von dem Palmwein trinken, dem zum Versüßen qualvoller Überfahrten bereit gehaltenen *tua-akar*. Dann blies er hinein, und es erklang ein langgezogener, sehnsuchtsvoller Ton, der irgendein übernatürliches Wesen um Hilfe anrief, es möge einen ordentlichen Wind in Richtung Insel auf die Flechtmattensegel lenken. Die Bootsleute ruderten und sangen dazu:

»*Héan ró, ró berabera*
*Bá ne'e bé, bá Manukoko.*«

Der *cipaio*, Aldroaldo hieß er, hielt, nachdem er sich an dem weißen Schaum des *tua-akar* gütlich getan und den Trockenfisch mit den Zähnen zerrissen hatte, die Hände ins Wasser, um sie zu waschen und auch, um sich zu vergewissern, daß das Meer eine ebenso sichere Barriere war wie die Mauern des Gefängnisses. Dann schüttelte er die Wassertropfen ab, wickelte sich in eine *lipa* und fragte, bevor er sich schlafen legte:

»Wann kommen wir an?«

»Morgen«, antwortete der *sokão*.

»Meinetwegen! Deine Uhr zeigt wohl statt Stunden Tage an.«

Er lachte so schallend, daß meine Mutter erschrak.

»Meinetwegen, dann also morgen!«sagte er und schlief ein.

Meine Familie auch. Ich hielt Wache, um Alarm zu schlagen, falls das Boot eine andere Richtung nehmen sollte. Ich hatte schon von Leuten gehört, die sich aufgrund eines *rain-fila* verirrt hatten, also aufgrund eines üblen Streichs, den das Land Eindringlingen spielt, indem es sich in sein Gegenteil verkehrt, weshalb die Betroffenen dann zu dem Trick greifen müssen, daß der Führer seine gesamte Bekleidung auszieht und umgekehrt wieder anzieht, damit sie den Rückweg finden. Auf dem Meer konnte es fraglos nur ein *tassi-fila* mit umgedrehten Wellen geben, was zu einem Schiffbruch führen und alles in die Tiefen des Ozeans reißen würde. Für diesen Fall gab es keinen Trick, der uns helfen konnte.

Meine Mutter war sehr besorgt.

»Junge, du paßt auf!«

Simão, der Gefangene, sagte kein Wort und blickte auf die Berge. Er atmete tief, saugte alle Düfte seiner Heimat, dort in der Ferne zwischen den Bergen, ein. Er wußte nicht, wann er zurückkehren würde oder ob er überhaupt hoffen konnte, jemals heimzukehren. Dann senkte er den Blick hinunter auf die Stadt. Lichter beleuchteten die Uferstraße, vielleicht nur für die Geister, die aus ihren Schlupfwinkeln herauskamen und durch die leeren Straßen stromerten. Hunde liefen wie im Gänsemarsch auf irgend etwas zu und bellten. Die Stadt war im Schweigen der Menschen versunken. Und er horchte auf dieses Schweigen. Das Geräusch der Schlafenden. Großartig oder schrecklich wie der Anfang oder das Ende aller Zeit. Er zog die Sandalen aus und nahm sie in die Hand. Er wollte das Antlitz der großen Erde sehen, wenn er sich von ihr verabschiedete. Ob sie weinte, lachte oder mordete. Schon immer hatte er Angst davor gehabt, was man hinter seinem Rücken tat, selbst wenn es eine Liebkosung war. Deshalb blickte er sie an. Auge in Auge. Und die Stadt zog sich zurück und schloß sich zu einem funkelnden Ring um die Bucht. Weit weg. Der alte *sokão* wollte ihn nicht ansprechen. Er beobachtete ihn. Aber ich merkte, daß er große Lust hatte, ihn zu trösten, ihn zu beschützen, als wäre er selbst das Ziel. Die Insel.

Der *sokão* hatte schon andere Überfahrten mit anderen Verbannten gemacht. Noch nie hatte er sich zu einem so hingezogen gefühlt wie zu Simão. Vor allem wegen seines nachdenklichen Schweigens. Ein ansteckendes Schweigen, wie das seines Sohnes Lamartinho, der vor Jahren auch seine Insel verlassen hatte, um die Schule in Maliana zu besuchen, und nach der Rückkehr *suku*-Chef von Maquili geworden war. Simão fühlte sich durch die Gegenwart des alten Mannes beruhigt, dennoch suchte sein Auge weiterhin die Lichter hinter den wogenden Wellen, die ihm manchmal die Sicht raubten. Als er die Stadt endgültig nicht mehr sehen konnte, suchte sein Blick die Lichter in den Augen der sich nähernden Fische, Delphine und Haie, die mit ihren Schuppen an den Holzplanken des Bootes scheuerten. Da sah der *sokão* die Angst in seinem Gesicht, alle Qualen seines Lebens zeichneten sich ab, verzerrten ihm das Antlitz, machten seinen Blick ruhelos, er suchte nach etwas Konkretem, einer Hilfe, einem festen Boden wie dem, den er gerade verlassen hatte.

»Keine Sorge«, sagte der Alte.

Simão erschrak. Die Stimme des Alten lud wie eine Schlafmatte zur Ruhe ein.

»Die sind harmloser als die Menschen. Und sie wissen alles. Sie leiten das Boot. Sie folgen den Meeresströmungen. Von ihnen lernen wir das Navigieren.«

Der Alte verstummte unvermittelt. Die Matrosen hatten einen jungen Hai geangelt und warfen ihn ins Meer zurück. Eine Tat, die später einmal sicherlich belohnt werden würde. Es hieß, kein Bewohner von Ataúro würde jemals von einem Hai angegriffen, es sei denn, er wäre mit einem Fluch belegt oder hätte gegen eine Sitte verstoßen, eine Gottheit oder einen Ahnen beleidigt. Das Schweigen der Männer bedeutete Reue wegen ihres Fehlers. Simão hatte vom Angeln nichts mitbekommen. Da er rückwärts gewandt saß und von den anderen durch die kleine Kajüte getrennt war, in der meine Eltern und der *cipaio* schliefen, beunruhigte ihn das plötzliche Verstummen des *sokão* um so mehr.

Als die Fische und Delphine wieder näher an den Bootsrumpf herankamen, fing auch der Alte wieder an zu sprechen.

»Ich fahre lieber nachts. Da kann ich mich besser orientieren. Manchmal, wenn ich einen besonders erbosten Passagier an Bord habe, wird das Meer wütend. Die Natur erwidert die Gefühle der Menschen. Als ich dich am Strand gesehen habe«, – er machte eine Pause und dachte zurück – »habe ich gleich gewußt, bei dir bleibt die See ruhig. Der da tut mir leid«, mit einer Lippenbewegung wies er auf den schlafenden *cipaio*, »dem ist sogar die Zeit egal. Wie alt bist du?«

»So alt, daß ich noch als jung gelten kann.«

»Du bist nicht älter als mein Sohn«, er machte eine Pause und seufzte bedrückt, »aber ich habe in diesen Jahren mehr Zeit auf dem Meer verbracht als mit ihm zusammen.«

»Wird Ihnen das Meer nicht langweilig?« fragte Simão und drehte sich um.

»Das Meer wird nur dem langweilig, der nur das Wasser sieht.« Er blickte sich um, als wollte er das Wetter abschätzen. »Manchmal kriege ich ein schweres Unwetter ab. Wenn ich dann an Land anlege, sehe ich entwurzelte Palmen, Erdrutsche und *manlekas* ohne Stamm und Dach. Oder ich gerate in eine Wasserhose. Manchmal sogar mitten in die Farben vom Regenbogen. Mein Trost ist, daß die See nach dem Sturm so zahm ist wie die Delphine, und die fressen mir sogar aus der Hand.«

Simão beugte sich über die Knie und schloß die Augen. Er wollte versuchen, sich von der Stimme des Alten in den Schlaf wiegen zu lassen.

»Du solltest sehen, wie die Sonne über dem Meer aufgeht«, sagte der Alte, »ich habe gemerkt, daß du den Sonnenuntergang überhaupt nicht beachtet hast. Es ging so schnell, daß du dich nicht darauf konzentrieren konntest. Es dauert nur einen winzigen Moment, und den können nur wenige Menschen sehen. Aber du bist so müde. Wenn du willst, kannst du schlafen. Ich wecke dich, wenn es soweit ist.«

Der Alte sah, wie Simão sich wieder zum Schlafen zusammenkauerte. Erst schlang er die Arme um die Beine. Dann legte er den Kopf auf die Knie. Er schlief nicht sofort ein, denn er mußte warten, bis der Körper sich auf den Rhythmus des Bootes, der Strömungen, des Meeres eingestellt hatte. Er mußte sich vom Pulsschlag der Erde lösen und langsam dem Rhythmus der Wogen anpassen. Manch einer hat einen Körper wie der alte *sokão*, die Haut kräuselt sich wie die Wellen. Anfangs in großen Wellen, später, wenn andere dazukommen, rücken sie enger zusammen. Und wenn sämtliche Wellen sich in feinen Linien über den Körper ziehen, dann kennt das Meer den Mann und er den Ozean.

Simão schlief ein. Der Alte war beeindruckt, wie rasch er in den Schlaf gefunden hatte. Er dachte an Simãos Alter und fand, er habe sich sehr schnell in die Zeit zurückversetzt, als die Arme der Mutter ihn wiegten. Er, der Alte, würde fraglos ein ganzes Leben brauchen, bis er die Augen schließen konnte. Ein halbes Jahrhundert. Nun allein, mitten auf dem Meer, trat er eine andere Reise an. Eine Reise durch seine Erinnerung, so trocken und dürr wie die Ebene von Beloi mit ihren *ai-loks* und den Stacheln, die sich ihm in die Brust bohrten. Er dachte an seinen Sohn, der, vom Pater beeinflußt, die Insel verlassen hatte, um die Schule in Maliana zu besuchen. Und daran, wie seine Frau fast den

Verstand verloren hatte, mit einer Schlafmatte und einem Tontopf auf den Berg Manukoko gezogen war und dort Tag und Nacht ein Feuer brennen ließ, solange der Sohn nicht heimgekehrt war. Und wie er, da er sich schuldig fühlte, weil er der Mutter den Sohn weggenommen und ihn in eine ferne Stadt geschickt hatte, als hätte er aus einem Körper ein Stück Fleisch herausgerissen, sich ein *beiro* angeschafft hatte und damit, um sich selbst zu bestrafen, immer rund um die Insel gefahren war, bis die Vernunft oder die Geister auf hoher See ein Feuer entfachten, das ihm sagte, es sei an der Zeit, zu seiner Frau zurückzukehren. Daran, wie er, als er oben auf dem Manukoko ankam, das erloschene Feuer vorfand und ihren Körper, halb von Vögeln gefressen. Weshalb er sich geschworen hatte, nie wieder aufs Meer hinauszufahren, bis eines Tages die Nachricht kam, er müsse seinen heimkehrenden Sohn aus Dili abholen. Wie der Sohn, obwohl er sich bemühte, ihm einen Ton zu entlocken, während der ganzen Überfahrt kein einziges Wort mit ihm gesprochen hatte. Nun durchlebte er noch einmal die Heimkehr des Sohnes. Er war derjenige, der da schlief. Er hatte zu ihm gesprochen und ihn ein paar Dinge über das Meer und die Überfahrt gelehrt. Der andere, der war nach seiner langen Abwesenheit stumm geworden. Man hatte ihn als *suku*-Chef eingesetzt, damit er gezwungen war zu sprechen. Niemand hatte begriffen, daß er die List der Menschen, ihre Absichten in Wörter zu verpacken, nicht mehr mitmachen wollte. Er wollte eine neue Sprache ohne die Fallen und Täuschungen der Wörter erfinden. Das war dem Alten erst später klar geworden, als er nachts zur See fuhr und als einziger auf dem Boot wach blieb. Da las er die Sprache der Sterne, der Farben und des Meeres. Doch nun saß sein Sohn direkt vor ihm und sprach. Sie verstanden sich in ihren Worten, ihren Gesprächspausen und ihrem Schweigen. Der *cipaio* schlief noch immer, eher vom Schaum des *tua-akar* gewiegt als vom Meer. Er schlief wie ein Kind, das sich nicht darum kümmert, wie es schläft. Er schlief ganz und gar dem Schlaf hingegeben. Der alte *sokão* fragte sich, warum seine Insel der Ort war, wohin all jene zur Strafe geschickt wurden, die man woanders nicht haben wollte. Ob diese Insel – die er liebte, wo er auf einer Schlafmatte seine Frau, die er später mit den Vögeln geteilt hatte, geliebt und wo er seinen nun ins Schweigen zurückgezogenen Sohn gezeugt hatte – die Feuerstrafe verkörperte, von der der Pater in der Kirche sprach. Wie konnte er auf dem gleichen Fleckchen Erde leben und überleben, wenn andere dazu verurteilt waren, zum Sterben dahin zu gehen?! Aber ihr Schlaf war so ruhig wie das Meer. Keine einzige Woge. Simão, der noch viel Zeit vor sich hatte, der *cipaio*, der einige Zeit zu vergessen hatte, und meine Familie unterwegs auf einer langen Überfahrt.

Und dort in der Ferne durchbrachen helle Lichtstreifen das tiefe Schwarz der Dunkelheit. Er weckte Simão. Das war etwas Einzigartiges für einen wie ihn, der dorthin zum Sterben ging; er mußte beim Betrachten den Atem anhalten, als wäre es seine eigene Geburt.

Zuerst hörte er ein anhaltendes Geräusch aus der Tiefe des Meeres. Da erwartete er, Seepferde zu sehen, wie die wilden Pferde, die mit wehender Mähne in der Nähe seines Heimatortes Fohorém umhertrabten. Dann bäumte sich die See wild auf, das Wasser wurde dickflüssig und begann zu kochen. Ein Trichter öffnete sich im Meer, die Wassermassen wichen zurück und erhoben sich zu starren Wänden. In kreisenden Bewegungen wie ein goldenes Knäuel stieg eine Feuerkugel empor. Die Wellen beugten sich gekräuselt über die Trichteröffnung und saugten einen strahlenden Kopf an, der an die Oberfläche drängte. Der Himmel gab sein Äußerstes und zeigte ein von Schmerzen zerfurchtes Antlitz wie das einer gebärenden Frau. Dann endlich bot sich am Horizont auf blauem Tablett ein *belak* aus schimmerndem Gold den Reisenden dar zum Tausch gegen die schweigende Braut, die Nacht, die sie auf der Überfahrt begleitet hatte.

»Da ist sie!«

Er murmelte die gleichen Worte wie damals, als er auf den Berg Tatamailau gestiegen war, um den Sonnenaufgang zu erleben. Doch seinerzeit befand er sich sehr nah an der Insel, und die Sonne beleuchtete sie ganz hell. Die nackten schwarzen Felsen am Bergrücken, die steil zum Meer hinabfielen, reflektierten das grelle Sonnenlicht. Der Schildkrötenpanzer, aus dem, wie er damals glaubte, die Insel bestand, nahm deutlichere Konturen an. Direkt vor ihm brandete das Meer wütend gegen die Felsen und verfluchte den alten Panzer, der es wagte, sich ihm in den Weg zu legen. Der Eindringling war sie, die Insel mitten im Meer. Simão betrachtete den trockenen Erdboden mit spärlichen Grasresten. Die von der letzten Brandrodung geschwärzten Bäume wirkten auf ihn wie Witwen, die dort standen und vom Meer verlangten, ihnen ihre Männer zurückzugeben, oder wie Leichen ehemaliger Gefangener, die sich in ihrer Sehnsucht nach der Heimat, zu der sie ja nicht zurückkehren konnten, dem Feuer geopfert hatten, damit man drüben den Geruch ihres verbrannten Fleisches roch. Möwen flatterten über dem Mast des *beiro*, verharrten schwebend, als hätten sie vergessen, ihren Weg fortzusetzen, hätten vorübergehend ihr Fluggedächtnis verloren, und warteten darauf, daß jemand ihnen in Erinnerung rief, daß ein Vogel einen bestimmten Raum nur für die Dauer des Flügelschlags einnimmt. Die Fische und Delphine, die sie während der Nacht begleitet hatten, zeigten wieder ihre Rücken und schwammen in wellenförmiger Linie parallel zur Küste davon.

Simão wollte die Füße ins Wasser halten. Er schaute zum Alten, um von ihm Zustimmung einzuholen. Der Alte sagte, zuerst müsse er sich die Hände waschen, dann die Augen. Simão hatte schon von seinem Freund Lamartinho, mit dem er die Schule in Maliana besucht hatte, von Haien gehört, er hatte gesagt, sie seien seine verwandelten Ahnen. Niemand auf der Insel gehe verloren. Manchmal lebten sie im Meer, manchmal an Land. Ein Kreislauf, der je nach Verdiensten befolgt werden mußte. Simão hatte nichts Böses getan, wofür er nach den Gesetzen der Ahnen hätte verurteilt werden können. Sein Vergehen, für das er mit der Verbannung bestraft worden war, hatte nichts mit Mißachtung der Religion, des Landes oder des Meeres zu tun. Der Messerstich, den er dem Verwalter des Missionspostens versetzt hatte, nachdem dieser ihn öffentlich mit Angriffen auf die Würde seiner Zukünftigen beleidigt hatte, entsprach lediglich dem Wunsch, sich selbst zu ehren. Denn jeder ist immer auch ein Ahne. Und das allein war schon ein Wert, den es um jeden – und wie in seinem Fall um einen sehr hohen – Preis zu bewahren galt.

»Jetzt kannst du dich waschen«, sagte der Alte.

Simão formte die Hände zur Muschel und wollte Wasser aus dem Meer schöpfen. Als er sich hinunterbeugte, sah er in der Tiefe des blauen Wassers einen weißen Körper, so lang wie ein Buschmesser. Er ließ die Hände über dem Meer verharren und blickte auf einen Hai, der auf ihn zu schwamm. Er hielt ganz still, bewegte sich nicht. Auch der Hai blieb ein paar Zentimeter unterhalb der Wasseroberfläche stehen. Sie starrten einander an wie zwei Passanten, die sich zu erkennen versuchen. Nach Anhaltspunkten in der Erinnerung suchen. Der Hai drehte eine Pirouette, um sich zu zeigen. Dann kehrte er in die Tiefe zurück, doch bevor er endgültig verschwand, wandte er sich noch einmal um, als wollte er sich Haltung und Gesichtsausdruck von Simão einprägen, der noch immer reglos wie eine Statue verharrte.

»Er wollte dich kennenlernen«, kam es vom Alten, und Simão bewegte sich. »Mein Ahne hat dir einen ersten Besuch abgestattet. Sozusagen einen Höflichkeitsbesuch.«

Simão griff nach unten und schöpfte Wasser. Der *sokão* steuerte das Boot fachmännisch durch ein Korallenriff hindurch, das die wilde See von den ruhigen Wassern vor den Stränden von Maumeta trennte. Ein weiß gekalktes Haus mit grasgedecktem Dach bot sich ganz dicht am Strand dem Meer dar. Die Wände mußten von Salz verkrustet sein, denn wenn die Flut stieg, schleckte sie bestimmt wie in Liebesrage darüber. Wessen Traum mochte es gewesen sein, dort ein Haus zu errichten, so romantisch wie in den Geschichten, die in Büchern stehen? Wer konnte der Abenteurer sein, der beschlossen hatte, seine Sachen zu packen und hier ein Haus zu bauen, hier an diesem Ort, an den er verbannt worden war, um sich in der Einsamkeit zu verzehren? Dann stellte Simão sich vor, daß es nur eine schöne Frau gewesen sein konnte, der es beliebt hatte, auf alle Freuden der Welt und Menschen zu verzichten, und die sich in einem Anfall von Wahnsinn oder Weisheit an diesen Ort begeben hatte, um alle anderen zu vergessen und ganz sie selbst zu sein. Und der alte *gondoeiro*, der Baum mit seinen langen Fasern, stand dort vor dem von den Unwettern nahezu zerstörten Haus wie ein treu ergebener Wachposten. Die hohen Tamarindenbäume suchten in der Luft der Zerstörungskraft der Winde auszuweichen, die den Kokospalmen die Wedel zerfetzten und ihre Nüsse über den ganzen Strand verstreuten – als hätte dort in seinem Blutrausch ein Scharfrichter gewütet.

Als das *beiro* mit dem Rumpf über Sand glitt, wachte der *cipaio* auf. Er erhob sich und fragte, ob dies der Ort sei, wohin man ihn geschickt habe. Denn zwar war er als Aufpasser des Gefangenen unterwegs, doch er wußte, daß er selbst verbannt war. Sie stiegen aus dem Boot, stellten sich alle neben dem Bootsrumpf und den Auslegern auf und schoben das *beiro* auf den Strand.

»Ist das der Gefangene?« fragte der Obergefreite, der das Boot erwartete, den *sokão* und wies auf den Afrikaner. Denn dieser hatte seine Haltung als Autorität vernachlässigt. Man erzählte sich Geschichten von Afrikanern, die an den Orten, wohin man sie zur Befriedung geschickt hatte, selbst rebellierten. Zwar vertrat man in der Verwaltung die Ansicht, ein Einheimischer könne gut einen anderen Einheimischen bewachen, wenn er dafür ausgebildet sei, und die Erfahrung hatte dies in den Bürgerkriegen gelehrt, dennoch bedienten sie sich dieser leichtsinnigen Leute, die sich im Land befanden, auch wenn ihre Vergangenheit schwärzer war als sie selbst. So wurde man auch sie nach und nach los.

Der *sokão* senkte den Kopf, um nicht auf eine Frage zu antworten, auf die er während der Überfahrt keine Antwort gefunden hatte. Sonst hätte er sich selbst als Kerkermeister betrachten müssen. Auch Simão sagte nichts. In seiner Situation war es nicht seine Aufgabe zu antworten. Er hatte sich in der Stille der Überfahrt selbst versprochen und geschworen, daß er von nun an mit einer neuen Zeitrechnung für sich beginnen würde. Am Ort des Todes und des Vergessens wollte er neu auferstehen.

Der afrikanische *cipaio* nahm wieder Haltung an, fummelte aus der Gesäßtasche seiner Hose die Begleitpapiere des Gefangenen und übergab sie dem Vorgesetzten. Simão ergriff seinen Koffer und folgte den anderen im Gleichschritt. Voran der Obergefreite, dann der *cipaio* und am Ende er. Er fühlte sich frei, weil er wußte, daß niemand hinter ihm war und ihn beobachtete. Dann drehte er sich um und murmelte:

»Bis auf das ...«

# 2.

Simão brach mitten im Satz ab, als sein Blick auf eine imposante, träge Gestalt fiel, die wie ein Gespenst neben dem weißen Haus an dem von den Wellen zerstörten Steinanleger auftauchte. Er sah die Gestalt an, als betrachtete er sich selbst. Simão hatte »das Meer« sagen wollen, und das Meer hatte in diesem Moment die Augen von Mário Lopes, die sich von den knochigen Schläfen, dem breiten Gesicht und den fleischigen Lippen abhoben, darüber eine glänzende, vereinzelt mit schneeweißen Kraushaaren garnierte Glatze. Er war mit Hosen und einem losen weißen Hemd bekleidet, das den dicken, wackelnden Bauch kaschierte; sein Leib ruhte auf langen, nach außen gebogenen Beinen, die zitterten, wenn er sich aus seinem Haus auf den Weg machte, um sich in seinem Laden im Dorf Maumeta um die Geschäfte zu kümmern.

Er war ein afrikanischer Fremder, ein *malae-metam*, ein Verbannter, gebürtig aus São Tomé und Príncipe, der es zu Wohlstand gebracht hatte. Er hatte sich ein Boot gekauft, ein *corocora*, mit dem er getrockneten Fisch nach Dili brachte und auf dem Rückweg Lebensmittel, Textilien, Bier, Coca-Cola und etliche andere Waren transportierte, die manchmal beim Entladen am Strand ins Wasser fielen, so daß geschmuggelte Zigaretten zum Vorschein kamen, von denen uns, wenn wir sie ergatterten, benommen wurde, sowie geschmolzene Schokolade, die in unseren Gedärmen Rumoren und Durchfall verursachte. Es hieß, er schmuggele auch Bücher und subversive Ideen, die er auf Geburtstagsfesten, Taufen, Hochzeiten und vor allem Begräbnissen verkündete, indem er im Anschluß an die Trauerpredigt des Katecheselehrers zum Gedächtnis an die Verstorbenen regelrechte Schmähreden hielt, mit denen er den Behörden die Schuld am Schicksal der Begrabenen und Verbannten gab. Er hatte den Ruf, in gutem Stil und mit spitzer Feder zu schreiben, wovon manche profitierten, und wetteiferte mit dem Malaien Queiroz *ain aat* in der Ausübung dieser einschüchternden Tätigkeiten. Gemeinsam lehrten sie die Verwaltungsbeamten und *liurais*, die sich die Frauen anderer und fremden Besitz aneigneten, das Fürchten. Zu ihnen kamen alle, denen Unrecht widerfahren war, damit sie ihren Fall dem Gouverneur vorlegten und um Wiedergutmachung für die Opfer baten.

Man wies uns ein großes Haus mit Bambuswänden und grasgedecktem Dach zu, wo ein paar Schlangen ihre Nester hatten und mit viel Lärm hinter Ratten herjagten, die manchmal unter meiner Schlafmatte Schutz suchten und mich zerkratzten. Meine abergläubische Mutter hatte den Verdacht, die Kratzer seien von den Krallen des Geistes der Verführung, der *Pontiana*, verursacht. Nachts wachte sie neben meinem Bett, entzündete eine Kerze und betete den Rosenkranz, und als wäre dies nicht genug, nahm sie auch noch einen langen spitzen Nagel und eine saure Zitronenfrucht zu Hilfe. Sie wartete bis Mitternacht, wenn die graue Taube sang, weil sie glaubte, dies sei die Stunde, zu der sich der Nachtvogel in die Todesdame verwandelte. Doch da mir nichts widerfuhr, löschte sie die Kerze, steckte den Rosenkranz ein und ließ mich, in der einen Hand den Nagel, in der anderen die Zitrone, allein mit dem Auftrag, die *Pontiana* in Rattengestalt zu erjagen.

Es war ein großes Haus mit vielen Zimmern, als hätte der Erbauer vermutet, daß Krankenpfleger immer viele Kinder bekamen und wenige bei der Geburt starben. Trotzdem blieben einige Räume leer und dunkel, niemand betrat sie, und meine Mutter vermeinte, Geräusche, Stimmen und Klagen verstorbener Verwandter zu hören, die ihren Tod dazu nutzten, nach Opfergaben und Anteilen zu verlangen. Doch zum allmonatlichen Besuch des Paters quartierte sie in denselben Räumen Taufbewerber aus Maquili, Macadade, Beloi und Biqueli ein, damit diese mit ihrer Anwesenheit die Büßerseelen vertrieben.

Der Postenchef hatte sich am Ende der Straße, die vom Meer her kam, in einem Palast verschanzt; eine hohe Ziegelmauer schützte ihn, seine Familie und seinen Garten mit Mangobäumen, über deren duftende Früchte die Fledermäuse und Eulen, aus allen Ecken der Insel angelockt, nachts mit schrillen Schreien und Rufen in Scharen herfielen. Da es kein Gefängnis gab, wurde Simão als Aufseher für den Garten des Postenchefs eingesetzt, so daß er innerhalb derselben Mauern wie der Postenchef lebte. Es hieß, Indonesier kämen als Fischer getarnt heimlich auf die Insel, weshalb der Verwaltungssitz von *cipaios*, Bewohnern und einer Kompanie der Infanterie bewacht wurde, deren Kaserne Stacheldraht schützte. Es war eine von Furcht und Angst belagerte Insel.

Die Diözese in Dili hatte zwei Katecheselehrer für den Religions- und Grundschulunterricht entsandt.

Der eine stammte aus Laclubar und hatte seine Ausbildung an der katholischen Mission von Soibada gemacht. Er hatte eine Tochter der *liurais* aus Suro geheiratet und damit eine aristokratische Haltung angenommen, eine Mischung aus Strenge und Ernst. Als Curriculum wies er seine halbwüchsigen Söhne vor, die das Priesterseminar in Dare besuchten und es eines Tages wagten, bei stürmischem Wetter zusammen mit etlichen Mitschülern und Lehrern in einer Barkasse über das Meer zu fahren; als sie, vollkommen seekrank, aber der Gefahr entronnen, den Haien ein üppiges Mahl zu bieten, im Dorf ankamen, fielen sie am Strand in Schlaf. Züchtige Badehosen bedeckten ihre Knie, auf ihren Gesichtern lag das ewige Lächeln der von der Gnade erleuchteten Jugendlichen, und als sie in die Kirche gingen, um das *Te Deum* und andere gregorianische Gesänge anzustimmen, senkten sie wie in Trance den Kopf und den Blick. Das war meine erste Berührung mit diesen Jungen, die in dem Gebäude mit Zinkdach in Dare wohnten, das wie das Nest eines über der Stadt Dili schwebenden Adlers funkelte.

Der andere war ein schlichter, kräftiger Mann. Er wurde beauftragt, in Biqueli eine Katecheseschule zu gründen, nicht weit von den heißen Quellen, wo die »Geschälten«

lebten, Leute mit einer Hautkrankheit, sowie Dona Juliana, die dort eine protestantische Kirche errichtet hatte und einen Briefwechsel und gute Nachbarschaft mit Glaubensgenossen auf der indonesischen Insel Lira pflegte. Er vertrat die fortschrittliche Linie der katholischen Kirche. Und hielt ein Auge auf die Gegenseite. Mir wurde beigebracht, die Protestanten seien die *taca-matam*, das heißt, sie beteten mit geschlossenen Augen. In der katholischen Kirche von Maumeta wurde ich als Aufpasser oder Kreuzritter eingesetzt und sollte während der Messe und Rosenkranzgebete in den Gesichtern der Taufbewerber und Gläubigen nach geschlossenen Lidern suchen, die den Betreffenden als Eindringling verrieten. Zu meinem Trost schliefen beim Rosenkranz und den langen Litaneien alle ein, und während der Messe schlossen sie die Augen voller Andacht und Hingabe.

Die Schule war ein großes Haus, mit Schreibpulten und einer langen Matte auf dem Fußboden, die auf mich wie ein fliegender Teppich wirkte, wenn die Erde bebte. Mein Vater kaufte mir eine Tafel mit dem dazugehörigen Griffel und wünschte mir, es möge mir nie an Spucke fehlen.

Als erstes bekam ich Katecheseunterricht auf Tétum, dann lernte ich die Nationalhymne auf Portugiesisch und schließlich ein paar Kirchenlieder auf Latein. Später lernte ich das Alphabet schreiben, die Zahlen und das Einmaleins. Die portugiesischen Wörter in der Fibel – r-o-r-o-l-a-la, kleine Taube, stand da, aber ich sagte auf Tétum *lakateu*, denn da war ein *lakateu* abgebildet. Der Vogel, den ich im

Kopf und in meiner Tasche hatte, nach mühseliger Verfolgungsjagd in der Regenzeit gefangen, als er mit nassen Flügeln und erschöpft aufgegeben hatte. G-a-g-a-l-o-lo, Hahn, aber ich sagte das Tétumwort *manu-aman*, denn es war ein *manu-aman*, nur ohne die bunten Farben der sonntäglichen Hahnenkämpfe im Basar. Und sonntags kam auch Simão hinter der weißen Mauer hervor, unter jedem Arm einen Kampfhahn. Es hieß, er habe in der Abgeschiedenheit des Verwaltungspalastes wilde, kampfwütige Hähne gezüchtet, Klingen geschärft und tödliche Gifte ausprobiert. Sein Ruhm beruhte indes vor allem darauf, daß er ein Verbannter war und aus Loro-Monu stammte, einem Ort voller Geheimnisse und Zaubermittel, mit denen in der Verschwiegenheit der Grenze gehandelt wurde. Er nutzte und steigerte die Wirkung seines Rufs, als wäre er ein Erwählter. Er bemalte seine Hähne in verschiedenen Farben, so daß die Besitzer der gegnerischen Hähne nicht erkennen konnten, wann seine tapferen Krieger am ehesten zu besiegen waren. Vor allem aber, weil er den *sikat* versteckte, die Zauberfeder, die den Sieger ziert.

Zwar bezogen sich die Themen in den Zeichen- und Aufsatzstunden auf einheimische Tiere, doch nach und nach traten an ihre Stelle die Birne, der Apfel und andere ferne, paradiesische Früchte, bei denen uns das Wasser im Mund zusammenlief, doch leider existierten sie nur in den Lesebüchern und Bibelzitaten. Dann kamen Aufsätze mit Lobliedern auf mein fernes Vaterland, beschützt und symbolisiert durch zwei männliche Engel – noch häßlicher als die

Heiligenbilder –, deren Porträts an der Stirnwand hingen. Der eine, dick und glatzköpfig, weiß gekleidet und mit goldenen Spitzen verziert. Der andere ernst und düster, in einem grauen Anzug, die spitze Nase drohend vorgereckt und das Haar in Reih und Glied wie die Soldaten und *cipaios*. Man sagte mir, ihr Vertreter sei der weiße, rötlichblonde Sargento, der Kommandeur der Kaserne, vor dem ich mich fürchtete, weil er dem Erdgeist, dem *rain-nain*, ähnlich sah, was die Worte meiner Mutter bestätigte, daß die *malaes* mit Feuerausbrüchen aus der Tiefe der Erde kämen. Und meine Angst wurde immer größer, je öfter ich ihn mit der Flinte in der Hand die graugrünen Tauben jagen sah, die auf unserer Insel Zuflucht suchten, wenn auf den anderen umliegenden Inseln die alljährlichen Waldbrände sich zum Feuerring schlossen.

Von Zeit zu Zeit landete mit Gedonner und Getöse das zweimotorige Flugzeug. An Bord Amtspersonen, Missionare und Inspektoren, was meinen Vater veranlaßte, die Familie zur Arbeit anzuhalten, um die Krankenstation zu reparieren, die mit ihren morschen Pfosten und Deckenbalken, den *larazes*, zusammenzubrechen drohte. Er fürchtete um den Apfelsinenbaum mit seinen süßen, saftigen Früchten, der neben dem Gebäude stand und, wie es hieß, von einem Zugezogenen von der Insel Kissar mitgebracht und gezüchtet worden war. Angeblich besaßen die Früchte irgendeine Heilkraft, erst später sagte man mir, sie wirkten stärkend, denn sie gäben den für eine Frau zu Schwachen Persönlichkeit. Auch sonst hieß es, von den benachbarten

Inseln kämen allerhand gute, geheimnisvolle Dinge, wie Obstbäume, Zauberwerk und die schönen, betörenden Frauen. Der Missionar taufte die heidnischen Taufbewerber, nahm ihnen die Beichte ab und gab ihnen Namen von Königen und Propheten. Womit er regelrechte Dynastien in der Nachfolge von Afonso Henriques und Vasco da Gama oder kraftvoller Propheten wie Samson und Moses begründete.

# 3.

Er kam immer um die Zeit, wenn der Petromax angezündet wurde. Er war ein *firaku*, aus der Gegend um den Berg Matebiam gebürtig, war beim Militär und pflegte einen Befehlston. Mit Hilfe von Bonbons machte er sich nach und nach an meine Cousine Rosa heran, die auf mich aufpaßte. Nach einiger Zeit kümmerte er sich auch um mich und schickte mich spazieren, nachdem er mir einen Bonbon in die Hand gedrückt hatte. Dann nahm er meine Cousine an die Hand, und sie gingen am Strand entlang. Oh, riefen sie, wenn auf der staubigen Straße an dem fernen Strand Areia Branca in der Nähe von Dili ein klappriges Auto Staub aufwirbelte. Mit dem gleichen Stakkato, mit dem er beim Aufmarsch die Namen der Soldaten nannte, erzählte er Bibelgeschichten von Adam und Eva, Joseph und seinen Brüdern, Moses und den Gesetzestafeln, Samson und seinem Haar. Ohne Ende erzählte er diese Geschichten, manche machten mir angst, andere rührten meine Familie zu Tränen aus Mitgefühl mit den fremden, für alle Generationen nützlichen Schicksalen. Eines Tages wurde ich beauftragt, eine heimliche Botschaft meiner eroberten Cousine zu der stacheldrahtumzäunten Baracke zu bringen, in der der einheimische Zenturio wohnte. Dabei entdeckte ich das berühmte Buch, die Bibel, im Nachtschrank zwischen anderen Büchern, der militärischen Dienstvorschrift, dem

Handbuch über Minen und Fallen und Fotografien von nackten weißen Frauen, in meiner Vorstellung Engel, die vor Adams Sündenfall im Garten Eden wandelten. Die Bibel war wirklich ein dickes, schweres Buch und roch nach Alter und Schimmelfeuchtigkeit. Darin eine Abbildung von Eva, nackt, ihre Brüste und Nach-Jungfernschaft verbergend. Adam schützte betrübt seine Sünde unter dem Gelächter der sich um den Apfelbaum windenden Schlange, und der Erzengel Gabriel wies ihnen böse den Weg in die Verbannung. Und da war der verärgerte Prophet Moses, dem Rauch aus der Nase stieg, mit den Gesetzestafeln und den zehn Geboten, bereit, sie seinen Verfolgern, womöglich auch Sündern, entgegenzuschleudern.

Die Liebschaft endete, und der Soldat verschwand in andere Gefilde. Meine Cousine welkte wie eine Rose, mein Vater schor ihr vor Zorn das Haar, und meine Mutter schickte sie aus Mitleid wieder nach Manufahi. Mir blieben das Buch und die Geschichten, die fortan ich erzählte. Geschichten, die bei allen Mitgefühl weckten. Geschichten, mit denen man andere zum Weinen bringen und den Ahnen die Schuld an der Gegenwart ihrer Nachkommen geben konnte. Geschichten, die noch heute gelebt werden.

Mário Lopes wollte in seinem Geschäft Neues einführen und ließ aus Dili einen weißen Bäcker kommen, einen Portugiesen aus der Region Beira und ehemaligen Militärangehörigen, der sofort mit dem Fällen der Eukalyptusbäume begann. Er veranstaltete regelrechten Kahlschlag, wie im Wetteifer mit den Brandrodungen der Einheimischen für den Ackerbau. Dieser Eanes hatte nach Beendigung seines Militärauftrags eine Autochthone geehelicht. Bis dahin hatten weder ich noch meine Schulkameraden von der Insel jemals Brot gegessen. Das war eine Speise der *malaes*. Wir mußten uns immer mit dem schalen Geschmack der Hostie beim Abendmahl begnügen. Wir wollten die Brötchen der Menschen, rund und weich, doch statt dessen gab man uns das dünne Brot Gottes, das man noch nicht einmal kauen durfte. Vasco, der Sohn des Verbannten, erschien nun jeden Morgen mit butterglänzendem Mund und nach frischem Brot duftend. In der Pause holte er eine mit Rosen bedruckte Serviette heraus, in die ein gebuttertes Brötchen eingewickelt war, und während er aß, lief uns das Wasser im Mund zusammen und wuchs unsere Verärgerung darüber, daß wir nicht auch Söhne von Verbannten waren. Eines Tages geschah das Wunder. Er versprach zur Belohnung Brot mit Butter dem, der ihm den Aufsatz schreiben würde. So kam es, daß ich, im Licht des Petromax und in Gesellschaft der nächtlichen Besucher an Geschichten aus der Bibel feilend, das Brot bekam, das unser aller täglich Brot hätte sein sollen. Später erfuhr ich, daß es die Idee des Verbannten gewesen war, der damit meine Freude am Schreiben förderte, während er klammheimlich über meine kindliche Phantasie lachte.

Nach dem Abschluß der zweiten Klasse nahm mich mein Vater mit in den Laden von Mário Lopes. Ich erwartete eine Belohnung für die Versetzung. Ich drückte mich an den Schrank mit dem Spielzeug, in dem Motorräder, Flugzeuge und Autos ausgestellt waren. Schließlich entschied ich mich für eine Harley Davidson. Später, in Lissabon, machte ich einen zweiten Versuch, ein – dieses Mal echtes – Motorrad zu erhalten, und gewann als böses Omen ein paar schwarze Handschuhe *made in Indonesia*. Trotz all meiner Bitten und Gebete verlangte der eigenwillige Krankenpfleger einen grünen Blechkoffer. Dann sagte er zu Dona Aquilina:

»Legen Sie drei blaue Hosen, drei weiße Hemden, ein Paar weiße Schnursandalen und ein Paar weiße Socken hinein. Ach, und vergessen Sie nicht das Käppi, blau, bitte!«

Während ich starr vor Verblüffung über so viel Großzügigkeit und Weißes zuschaute, setzte er nach:

»Zwei Nummern größer!«

Dona Aquilina sah ihn erstaunt mit großen Augen an, und ich dachte, es seien Uniformen für meinen Bruder, damit er in die *Mocidade Portuguesa* eintreten konnte. Dona Aquilina befühlte meine spitz hervorstehenden Rippen und rümpfte die Nase. Dann wollte sie mir über das Haar streichen, doch wurde sie von meinem Vater jählings daran gehindert, denn er war der Ansicht, ich dürfe, zur Vorbereitung auf die Zeiten, die mich erwarteten, niemals auf das Mitgefühl eines anderen hoffen.

»Der wächst schon noch! Und bis dahin wird mit Kapok ausgestopft!« beschloß er resolut.

So kam es, daß ich meine Eltern auf der Insel Ataúro zurückließ und wieder das Meer überquerte, in Richtung Dili. Es war ein stürmischer Tag, und ich konnte feststellen, wie vorausschauend mein Vater war. Als Ergänzung meiner Kleidung hatte er Kapok gewählt. Wäre es Blei aus Macadade gewesen, wäre ich untergegangen.

Simão hatte Ermelinda geheiratet, war in den *suku* Macadade gezogen und Chef des Ortes geworden. Lamartinho war nach wie vor stumm, hatte aber auch geheiratet, Esmeralda, die für sich, für ihn und für sie beide sprach. Ich weinte während der ganzen Überfahrt, und der alte *sokão* respektierte meinen Kummer und richtete kein einziges Wort mehr an mich. Später kam ich zu dem Schluß, daß sein Schweigen in der Familie lag. So zeigte er seine Solidarität mit dem Sohn. Als er mich am Strand von Lecidere meinen aus Manufahi gekommenen Verwandten übergab, die mich nach Same bringen sollten, bevor ich in die Schule von Soibada eintrat, legte mir der Alte einen getrockneten Kraken in die Hand, so trocken wie seine Augen, die keine Träne vergießen konnten, und wie die regenlose Insel Ataúro. Dann sagte er:

»Vergiß nie zurückzukommen! Arme und Beine zum Schwimmen hast du!«

## 4.

Mein Onkel Armindo erwartete mich mit einem sehr kleinen Pferd, wie nach Maß für mich gemacht. Wir ritten auf schmalen Pfaden bergauf zur Ortschaft Aileu und dann zu dem kalten Maubisse, das die Nähe des Berges Cabalaqui verriet. In Same erwarteten mich die Großeltern, die niemals von dort weggegangen waren, abgesehen von der Zeit während des Manufahi-Krieges, als sie sich in die Ausläufer des Berges Leolaku geflüchtet hatten. Nach der Niederlage versteckten sie sich, da sie von den Plünderungen der Sieger verschont geblieben waren, zwischen Kaffeebüschen und dem Meer der Kakaobäume, zwischen Feuchtigkeit und Nebeldunst, dem Geruch des Tabaks und des *laku* und im Schatten ihrer eigenen Gespenster.

Manufahi war der heidnische Stützpunkt, den ich aufsuchen sollte, um in die katholische Mission von Soibada einzutreten. Der alte *assuwain* Manucoli sorgte dafür, daß ich Verwandte und heilige Orte, Geheimnisse und Fetische kennenlernte. Ich sollte meine eigenen Wurzeln kennen, bevor ich sie endgültig verließ und in das christliche Reich eintauchte. Morgens weckte er mich, wenn er zur Quelle ging und Eier mitnahm, die er am Abend zuvor eingesammelt hatte, um sie dem Aal zu bringen, der an der Quelle lebte, ihr Sprudeln schützte und den Wasserweg sauber hielt. Jahre später sollte ein furchtloser Verwandter auf der linken Seite gelähmt werden, weil er es gewagt hatte, den Aal zu töten, weshalb das Wasser nicht mehr sprudeln konnte und die Quelle versiegte. Mein Großvater zeigte mir sein *surik*, das er im Krieg benutzt hatte, und ich sah auf der Klinge Blutspuren einer Zeit, die auf der versteinerten Fläche unter Schichten von Moos und Flechten festgehalten war. Man konnte meinen, es wäre aus dem Fels in den Bergen geschlagen worden. Es war grün und uralt.

Ich lernte Mestre Mário de Noronha kennen, der die einzige Tochter des *liurai* Dom Boaventura geheiratet hatte, seine Söhne besuchten die Missionsschule in Soibada, und ich sollte mit ihnen gemeinsam den Weg zurücklegen und wie sie dort wohnen. Er war Katecheselehrer und als solcher ein Garant für die Tochter des rebellischen *liurai*, seine übrigen Verwandten und Gefolgsleute. Der schützende Baum, der *ai-hum* der Besiegten von Manufahi. Ich fühlte mich sicher, weil er der Pate für meinen Eintritt in die Schule war, die ebenfalls zu einem privilegierten Ort für Ausbilder und Auszubildende, der portugiesischen Flagge treu ergebene Patrioten, geworden war. Doch diese prominente Allianz kam mich teuer zu stehen. Als man mich nach meiner Herkunft fragte und ich mich durch die Orte teilte, an denen ich gewohnt hatte, antworteten andere für mich, ich sei aus Manufahi, und dann bezeichneten sie mich als Rebell, obwohl ich immer wieder sagte, ich käme von der Insel Ataúro, und ihnen beim Schwimmen im Pool zu zeigen versuchte, daß ich es besser konnte als die Haie von der Insel. Ich war überhaupt nicht rebellisch. Ich war nicht nur sehr dünn, sondern auch ängstlich. Eingesperrt in die Gruppe der *lusitos*, getrennt von Verwandten und Freunden, die bei den *infantes* waren, und anderen Beschützern, die bei den *vanguardistas* wohnten, ohne jede Möglichkeit, mir zu helfen, denn sie durften mit niemandem außerhalb ihres eigenen *castelo* sprechen.

Die Schule war nach Dom Nuno Álvares Pereira benannt. Eine lusitanische Bastion mitten im Herzen Timors zum Gedenken an die Schlacht von Aljubarrota in ferner Vergangenheit. Dies war der Fecht- und Kampfplatz, auf dem ich zu bestehen hatte wie schon zuvor mein Vater. Eine Rückkehr zu den althergebrachten heidnischen Werten war versperrt. Es gab Geschichten über Zöglinge, die mehrfach aus der Mission ausgerissen und ebenso oft von ihren Eltern zurückgebracht worden waren. Der Kreis der Einheimischen schloß sich fest zusammen. Und zur besseren Verteidigung wurde Überflüssiges ausgestoßen.

Die Mission war ein Komplex von Gebäuden aus Stein, rotem Ton und Zinkdächern. Ein regelrechter Turm zu Babel, denn dorthin kamen Jugendliche aus etlichen Teilen Timors, die viele verschiedene Sprachen sprachen. Und da waren die Lehrer: Egídio, spindeldürr, immer mit einem Tuch um den Hals, der sich geschmeidig und elegant bewegte, wie ein kostbarer Vogel. Er war Musiklehrer und unterrichtete die dritte Klasse. Mit seiner Leidensmiene sah er aus wie ein Beethoven, der sich in einen tropischen Urwald geflüchtet hatte, um nach einer Sintflut Opern zu komponieren. In Soibada regnete es das ganze Jahr über. Er suchte mich für den Chor aus, der in den endlosen Spätmessen die langen lateinischen Choräle sang, wobei die großen *vanguardistas* immer einschliefen und die eintönigen Homilien mit tiefem Schnarchen begleiteten. Auf dem Weg zum Internat hatte man mir vom Charakter des Präfekten Mestre Jaime erzählt, dessen Ruf als Tyrann im ganzen Land bekannt war und ihn wie eine Aureole umgab, die er selbst noch nährte. Sein Schatten war nicht so finster wie er selbst, und wenn ich ihn in der Nähe ahnte, machte ich mir vor Angst und Schrecken in die Hose. Auf seinem weißen Pferd, die Peitsche in der Hand – vermutlich in Nachahmung eines Porträts von Napoleon –, ritt er hinter den Internatsschülern her, die auf langen Märschen durch morastiges, verregnetes Gelände Brennholz und Steine für die Instandhaltung der Mauern der Schule sammelten. Auf sein Geheiß mußten die Scharführer der *castelos* die Arbeitsgruppen peitschen, wenn sie das Unkraut im Obstgarten zu langsam jäteten. Er war schrecklich wie ein Pharao. Zum Glück bekam ich Mestre Egídio als Lehrer. Nebenan machte Mestre Jaime das Klassenzimmer zu einer wahren Folterkammer. Wir hielten uns wegen des Geschreis, der Beschwerden und Beschimpfungen, die durch die Wand drangen, die Ohren zu. Die Schüler seien so dumm wie der *kuda-burro*, aber so einen hatte noch keiner je gesehen. Wenn es ein *kuda* war, hatte er fraglos vier Beine. Doch den *burro*, den Esel, mußte sich der Schüler selbst vorstellen. Erst später sah ich auf einem Markt in

Lissabon ein Exemplar, das diesen Namen verdiente. Das Tier ähnelte weder den Schülern von Soibada noch sah es wie Mestre Jaime aus. Er wischte die Tafel mit dem dunklen Gesicht der Schüler, damit sie, wie er sagte, von dem weißen Kreidestaub heller wurden. Die widerspenstigsten Schüler ließ er unter den Pulten hindurchkriechen, und die anderen mußten ihnen dabei Fußtritte versetzen, damit sie besser lernten. Er war der Chef der *Mocidade Portuguesa* und immer mit ihrer Uniform, braune Hosen und grünes Hemd, bekleidet. Auf seinen Befehl wurde das Horn geblasen und die Trommel geschlagen, und er marschierte an der Spitze der Trupps und grüßte die anwesenden und abwesenden Amtspersonen. Außerdem gab er auch den Sportunterricht, dann lag die *Mocidade Portuguesa* auf dem Boden und spreizte und schloß die Beine in den weiten Shorts – es war noch nicht die Zeit für lange Unterhosen! –, unter dem höhnischen Gelächter der Bevölkerung und den gesenkten Blicken des errötenden weiblichen Publikums, das von der Schule der Canossianerinnen zu den Feiern gekommen war. Auf dem Gipfel seiner Rage sagte er immer, er wolle nur unser Bestes. Auf seine Art. Wissen habe seinen Preis, und welchen, das habe er zu bestimmen. Doch dieser hochgewachsene Mann erfüllte strikt seinen Auftrag. Er drückte Rennpferden seinen Stempel auf.

Als ich Mestre Fernando Osório Soares zum ersten Mal in der Mission sah, zwischen anderen Katecheselehrern, die damals alle streng westlich gekleidet waren, dachte ich, er sei ein *suku*-Chef und wolle um einen Gefallen bitten oder eine Belohnung einfordern. Er war groß, hatte weißes Haar und eine aufrechte Haltung, seine großen Füße waren bloß und schlammverschmutzt. Bekleidet war er mit einer grünkarierten *lipa*, und dazu trug er ein khakibraunes Hemd. Als er sich als Lehrer einer zweiten Klasse vorstellte, wollte ich es nicht glauben. Er wirkte wie ein Einheimischer mit uraltem, heidnischen Wissen, das nicht zum Lehren von Einmaleins, Lesen und portugiesischer Grammatik paßte. Allenfalls konnte er die Katechese mündlich und auf Tétum unterrichten. Damals gab es schon die offizielle Vorschrift, daß die Staatsdiener ihrem Amt entsprechend westliche Kleidung zu tragen hatten, und diese sollte nun auch für die jeweiligen Angehörigen gelten. Meine Mutter hatte sich schon darüber empört, als mein Vater eines Tages mit dem Monatsgehalt in der Hand nach Hause kam und sagte, die Vorgesetzten hätten ihm mitgeteilt, die Frauen der Staatsdiener müßten ihre traditionellen Gewänder gegen westliche Kleider eintauschen. Sie antwortete, es gebe im Leben einen Zeitpunkt, da könne ein Wandel nur Unglück bedeuten. Sie habe keine Lust, sich lächerlich zu machen, in einem westlichen Kleid und dabei ihre Blätter kauen.

Mestre Fernando strahlte Ruhe aus. Wenn er im Schlafsaal Aufsicht führte, konnte ich am besten einschlafen, trotz der Bedrohung durch Diebe, die, wie es damals hieß, Kinder raubten und mit dem Fett der Kinder die Maschinen betrieben, auf denen Geld hergestellt wurde. Er hatte einen Sohn, der das Priesterseminar besuchte, doch als dieser später nicht Priester wurde, bereitete ihm dies keinerlei Kummer. Für seinen Stolz zählte nur, was er selbst tat. Er brauchte nicht die Familie, um sein Ansehen zu steigern.

Dann gab es noch den Mestre Alberto, der heute in Lissabon lebt, aus Lacló stammend, dem der portugiesischen Verwaltung treu ergebenen Reich, weshalb er die Schüler ständig zum Prügeln anhielt, selbst aber nie die Hand hob. Man konnte meinen, für ihn herrsche permanent Volksfest. Bisse von Mäusen, Skorpionen und Schlangen heilte er psychologisch – mit einem Schrei, der den Patienten erschreckte, vertrieb er das Übel.

Mestre Narciso Lobato war derjenige, der manchmal auf die Jagd ging und im Morgengrauen zur Stunde der Frühmesse zurückkam, Hirsche und Rehe an den Pferden hängend, was mich von einer mit Reis und etwas Fleisch aufgebesserten Ernährung träumen ließ. Die tägliche Maisration verursachte ständige Bauchschmerzen; als Einlage gab es ein paar unvorsichtige Ratten und als Gewürz den Schweiß vom Koch Baltazar, Patensohn meines Vaters. Dank dieser Taufverwandschaft bekam ich wegen meiner akuten Rachitis als Extraration gebratene Maniokwurzel unter meine Tischplatte gestellt. Ich hatte nicht so viel Glück wie etliche andere Schulkameraden, die sich klugerweise in den Obstgarten wagten, um die Leckerbissen zu probieren, hinterher aber für ihr Leben als *koko* bekannt waren. Mit anderen Worten, sie machten den *lakus*, Mäusen, Eulen und anderen Vögeln Konkurrenz, indem sie den Reifegrad der Früchte prüften.

Von Zeit zu Zeit kam eine Amtsperson zu Besuch. Wenn es der Gouverneur war, gab es ein Fest, die Schule wurde mit Bambusbögen und Palmwedeln geschmückt. Dann wurde die Schulhymne gesungen, und Schüler der vierten Klasse schmetterten Passagen aus den *Lusiaden*, doch manchmal vergaßen sie den Text wie absichtlich, was Mestre Jaime die Möglichkeit bot, ihnen zu soufflieren, und die Amtspersonen über solch umfassendes und weitergegebenes Wissen staunen ließ. Obwohl die Schule dort wie ein Hochaltar des Wissens zwischen den Hügeln stand und die Schüler verschiedener ethnischer Herkunft waren und verschiedene Sprachen sprachen, war Portugiesisch die Pflichtsprache, und wer dagegen verstieß, wurde mit Linealschlägen bestraft. Ein Schlag mit trockenem Maniok oder dem Lineal war wie ein kräftiger Peitschenhieb. Tagsüber wanderte die Klatsche unter den Aufpassern – oder Sprachwächtern – von Hand zu Hand, und manchmal stellten sie Fallen, um den Schlagstock schnell loszuwerden.

Als das Jahr um war, besaß ich nur noch eine Wäschegarnitur, die an meiner Haut klebte und übel roch. Meine Verwandten aus Manufahi, die mich abholen sollten, ließen auf sich warten. Alle anderen Schüler waren schon in ihre Heimatorte abgereist. Also beschlossen wir, die wir von Ataúro stammten, zu Fuß durch Samoro bis nach Laclubar zu gehen, um dort Hilfe zu suchen. Ein alter Militärunimog nahm uns nach Dili mit. An derselben Stelle, wo ich einmal mit meiner Familie gewartet hatte, teilte mir ein neuer *sokão* mit, daß meine Eltern nach Lautém, ganz an der Ostspitze, umgezogen waren. Beim Abschied klammerte ich mich an meine Schulfreunde, am liebsten wäre ich auch mit auf die Insel gefahren, wo ich zum ersten Mal die Geburt der Sonne aus dem Meer erlebt hatte, als wäre es meine eigene. Auf meine Frage nach dem alten *sokão* erhielt ich zur Antwort, er sei fortgegangen. Er sei mit einem kleinen Boot aufs Meer hinausgefahren, nachdem sich der Tod dadurch angekündigt hatte, daß sein Fleisch anschwoll und sich vom Körper löste. Und ich erfuhr, daß Lamartinho die Sprache wiedergefunden hatte und Esmeralda Nachwuchs erwartete. Simão war endgültig an den Ort Macadade gebunden.

Einen ganzen Tag dauerte die Fahrt längs der Küste bis Lautém in dem Transporter des Chinesen, ausgestattet mit quer liegenden Brettern, auf denen die Fahrgäste saßen und sich auch ein paar Hausflöhe eingerichtet hatten, ganz drall von so vielen Reisen und Speisen. An der trockenen Nordküste sah man vereinzelte Akazien, weißen Eukalyptus und Tamarindenbäume. Ein paar Flüsse zogen sich durch die weiten Ebenen mit Reisfeldern, gesäumt von Kasuarinenbäumen, die im Wind wie Sängerinnen säuselten und sich wie Tänzerinnen wiegten. Nach Metinaro, Manatuto, Laleia, Vemassi, Baucau, Laga und Laivai bot sich Lautém dar wie eine weiße Dame, die, dem Wahnsinn verfallen, von ihrem Ehemann verlassen worden war. Dicht am Meer trotzten der aggressiven Witterung Ruinen weißer Kolonialhäuser, Mauern und Wände durchlöchert, das Innere von Unkraut überwuchert. Ich bekam Angst, meine Eltern könnten hierher gezogen sein. Der Transporter hielt nicht an, obwohl ein Schild verkündete, dies sei der Ort Lautém. Der Wagen beschleunigte das Tempo, als hätte der Fahrer ein Gespenst gesehen, und der von der Erdstraße aufgewirbelte Staub hüllte die Überreste dessen, was einmal ein leuchtendes Städtchen am Meer gewesen war, in eine weiße Wolke. Lautém war weiter ins Land hinein verlegt worden, in eine ruhige Gegend, wo es eine Lagune voller Krabben gab, gesäumt von uralten Bäumen, in denen tagsüber Affen saßen und nachts Käuze. Lautém schreckte Fremde ab. Ein Landstrich mit stolzen, leicht erregbaren, Fataluku sprechenden Menschen. Sie verteidigten ihre Ehre mit *suriks*, die sie ständig bei sich trugen und schnell zückten, um ihre beleidigte Würde wieder herzustellen. Nur selten wagte ein Calade, Bunak oder Macassae, seinen Heimatort zu verlassen, um eine Dagadá zur Frau zu nehmen, die zwar angeblich von atemberaubender Schönheit war, doch machte kein Stück Vieh und keine Mitgift, kein *barlaque*, die Verbindung erträglich. Auch erzählte man sich Geschichten von uralter Rache wie die einer Frau, die eines Tages mit dem Kopf ihres Mannes im Verwaltungsposten erschien und erklärte, sie habe das getan, um eine alte Schuld zu begleichen, denn ein Vorfahre von ihr sei von der Familie des Enthaupteten ermordet worden. In Lautém legten *corocoras* von den benachbarten indonesischen Inseln an, um auf dem Markt zu handeln. Sie brachten Ziegen, Schweine, Schafe, Hähne, *zagras,* die Süßigkeiten aus Palmzucker, und Apfelsinen mit. Die schönen, saftigen Apfelsinen von Kissar. Dafür nahmen sie *lipas*, Batikstoffe, Kleidung und Kleinkram mit, der die einheimischen Händler nichts kostete. Lautém lag weit weg von Soibada, und nach der Zeit dort traten bei mir Tuberkulosesymptome auf, was eine Rückkehr endgültig ausschloß. Im Dorf gab es keine Schule für die vierte Klasse, obwohl das Militär den Grundschulunterricht gefördert hatte. Jeden Mittwoch kam, auf seiner kleinen roten Lambretta zusammengekauert, ein italienischer Pater, ein Koloß wie ein Gladiator, und zelebrierte auf Fataluko die Messe. Mein Vater sprach ihn auf die Möglichkeit an, mich zu der Schule zu schicken, die die Salesianer dort eingerichtet hatten, wo die weite Hochebene von Fuiloro begann; man konnte noch die Erdhügel sehen, in die die Japaner im Zweiten Weltkrieg spitze Pfähle gerammt hatten, um die australischen Flugzeuge am Landen zu hindern. Hinter Pater Julio auf seiner roten Lambretta sitzend kam ich in der Mission an. Während das unebene Gelände und der steinige Boden in Soibada noch eine alte Ackerbaumethode erforderten, weshalb die Missionare Saat, die für unfruchtbar gehalten wurde, mehrfach segnen mußten, betrieben die Salesianer in Fuiloro intensiven Ackerbau mit diversen modernen Maschinen. Körperliche Arbeit wurde von den Klosterschülern nur im Rahmen des Notwendigen und pädagogisch Sinnvollen verlangt, ohne sie zu versklaven. Ohne die Strenge und den Druck der *Mocidade Portuguesa*. In der Schule wurde zwar auf Portugiesisch unterrichtet, doch gab es auch italienische und spanische

Missionare. Die Kirche vereinte, was Staatsverträge hatten trennen wollen. Mein Lehrer in der vierten Klasse war ein portugiesischer Laienbruder, dessen mittelgroße Statur und sehr helle Haut mir verrieten, daß er aus der Provinz Minho stammte. Und ich schaute hinauf an die Decke und versuchte, im Gewirr der Spinnweben den Norden des Reiches auszumachen. Er bemühte sich, uns eine andere Facette des Lebens im Mutterland zu vermitteln, ein zwangloses, volkstümliches und fröhliches Leben, frei von Helden und Märtyrern. Einmal in der Woche brachte er, statt Unterricht abzuhalten, ein Grammophon mit, dazu viele Platten mit klassischer Musik und Gedichten von Fernando Pessoa, gesprochen von João Villaret, wodurch ich Gefallen am Deklamieren von Gedichten fand und seine tiefe, warme Stimme nachahmte. Außerdem, wie nicht anders zu erwarten, auch ein paar Fados, *viras* und *corridinhos*, und zum Abschluß natürlich ein paar Schlager der Eurovision. Bei dem wunderschönen Lied *Non ho l'età*, mit melodiöser Stimme gesungen von einer Italienerin, die in meiner Vorstellung so schön war wie die heilige Jungfrau, schmolzen unsere Herzen. Und Pater Julio bestätigte: *Non ho l'età*!

Zwar war mir klar, daß ich das Mutterland, das mir die Reiseführer – unsere Schulbücher – präsentierten, niemals würde besuchen können, dennoch malte ich mir voller Begeisterung seine Städte, Gebirge, Flüsse, Menschen und Sprache aus. Mich faszinierte das Wissen und die Möglichkeit, daß es verheißene Paradiese auf Erden gab, denn das andere, das echte, war mir zu Lebzeiten versperrt. In meinem vierten Schuljahr entdeckte ich den Rückweg der Entdecker. Macau und seine Hauptstadt Cidade do Santo Nome de Deus, das betrauerte Indien mit Goa, Damão und Diu. Moçambique, so langgestreckt wie die Giraffe im Gorongosa-Reservat. Das große Angola mit den Diamanten aus dem Distrikt Lunda und dem Erdöl aus Cabinda. São Tomé und Príncipe, von wo Mário Lopes kam und der Kakao. Guinea und das Archipel der Bissagosinseln. Kapverden und die *Mornas* von Mindelo. Madeira und das Archipel der Azoren. Brasilien und der Freiheitsschrei am Rio Ipiranga. Das Mutterland Portugal und Entroncamento, der Knotenpunkt, wo sämtliche Züge der Welt zusammenliefen. Manchmal, wenn ich an den Argwohn meiner Mutter dachte, kamen mir Zweifel, ob diese Länder wirklich existierten. Aber der Reiz ließ mich an so viele ferne Dinge glauben wie an das Paradies, das durch Adam verlorengegangen war und durch den Tod wiedererlangt wurde. Ich mußte einfach auch an nähere, lebendigere irdische Paradiese glauben.

Als ich die vierte Klasse beendete, sprach mein Vater schon gut Fataluko und hatte sich in der Gegend eingelebt. Er bat um Verlängerung seines Aufenthalts. Mir war als nächster Ort Dili bestimmt, wo ich mich meinen Brüdern anschließen sollte, die dorthin gegangen waren, um das Lyzeum zu besuchen, es jedoch vor Abschluß der ersten Stufe verlassen hatten. Dies hatte meinem Vater den Weg zum Göttlichen erleuchtet. Er fand, es sei an der Zeit für einen Priester in der Familie. Er sprach mit dem Schuldirektor, doch dieser hatte ernsthafte Zweifel. In Sachen Leben sei ich gut, aber in Sachen Gott schlecht. Doch dann genehmigte er, mich auf das Priesterseminar zu schicken, allerdings verlangte er vorher von mir ein wenig Besinnung und etliche Bußübungen, was eine sehr heilsame Erfahrung ist.

# 5.

Als ich nach Dili hinunterfuhr – bei einer Stadt sagen wir immer hinunter, selbst wenn der Weg über das Meer führt –, wurde ich eindringlich ermahnt, ich dürfe niemals meinen Heimatort vergessen. Ich hatte mich auf mehrere Orte aufgeteilt. Wenn man mich fragte, woher ich kam, sagte ich immer, ich sei aus Ataúro. Später erst wurde mir gesagt, die Heimat eines Menschen sei der Ort, wo er geboren wurde. Deshalb müsse ich Cailaco sagen. Als ich mich bei der Meldebehörde präsentierte, machte ich schon, bevor man mich fragte, den Mund auf und sagte, ich sei aus Cailaco, setzte dann auch noch Bezirk Bobonaro hinzu und, als wollte ich um mildernde Umstände bitten wegen des entlegenen Ortes, Versteck und Hochburg von Rebellen, ergänzte ich:

»Provinz Timor!«

»Ach, Bobonaro?! Wo die *kuda-uluns* zuhause sind!« bemerkte ironisch der Beamte, ein Mischling mit *ena-mutim*, weißen Pigmentflecken auf der Haut.

Er griff mit aller Kraft um meinen Zeigefinger, als wollte er ihn brechen, feuchtete ihn an der Spitze auf einem Kissen mit schwarzer Farbe an, dann drückte er ihn auf eine Pappe, so daß es einen schwarzen Fleck gab, vermutlich das Bild meiner Haut oder die Fotografie meiner heidnischen Seele, dachte ich. Ich hatte mir Mühe gegeben und meine Worte in logischer Folge aufgebaut, damit die Betonung auf dem letzten Teil lag, der allen mir während der Schuljahre eingetrichterten Patriotismus enthielt. Trotzdem wurde ich auf den primitivsten Teil meiner Herkunft verwiesen:

»Ihr könnt keinen täuschen!« Er machte eine Pause, damit sein Schuß richtig traf. »Ihr eßt ja sogar, was ihr reitet!« schleuderte mir der philosophische Schreiber entgegen.

Dann sah er sich mein Foto an, auf dem meine erschrockenen Augen wie die eines *laku* funkelten, zog mich am Ohr und wies mir die Tür. Ich ging mit der Gewißheit hinaus, daß nicht mehr viel Zeit vergehen mußte, gerade so viel, bis der Mond in eine neue Phase eintrat, die Schlange sich häutete und ich einen anderen Status hatte. Von da an würde ich, im Besitz des Ausweises, mich als verantwortungsvoller Staatsbürger ausweisen können und müßte mich nicht mehr von einem Beamten verspotten lassen, der mir Minderwertigkeit nachsagte, weil ich von Leuten aus dem Landesinnern abstammte und zu einer ethnischen Gruppe gehörte, deren Sitten und Bräuche sie dafür bekannt gemacht hatten, daß sie Pferdeköpfe aßen und deshalb angeblich im Schlaf oder auch in größter Erregung und Zorn wieherten.

»*Kuda-ulum*?!« sagte ich in Richtung des Viertels Bebora, als ich die geteerte Straße überquerte und mir die Fußsohlen verbrannte, weil ich kein Geld für den Bus hatte, verschreckt durch das ständige Geklingel der Chinesen, die großspurig auf ihren Fahrrädern vorbeifuhren, ein anderer sozialer Status.

Bebora war ein Viertel mit Palmstrohhütten, *palapas*, am

Stadtrand, in der Nähe vom Flugplatz, wo die Inlandmaschinen über Nacht standen, und dem Platz der Mauren, Campo de Mouros, wo die arabischen Händler ankamen, die kein Schweinefleisch aßen. Timor bildete ein wahres Mosaik aus Leuten, die Leckerbissen schätzten, und solchen, die auf Schweinereien verzichteten. In Bebora war die Hitze immer am schlimmsten; der strömende Schweiß und der Staub, der in gespenstischen Formen aufwirbelte, erschreckten die Schweineherden, die sich an den Straßenrändern neben den Häusern mit hungrigen, abgemagerten Hunden um Abfälle und Terrain stritten. Und diese Ansammlung von Hütten bot den kleinen Verwaltungsangestellten, Maurern und Tischlern, kleinen Händlern, Arbeitslosen, Straßenverkäufern und einer Unzahl von jungen Leuten Obdach, die nach Abschluß der Grundschule in den Missionen im Landesinnern und ohne Berufung zum Priesteramt nach Dili kamen, um dort ihr Glück zu versuchen. Sie nisteten sich bei mehr oder weniger gut situierten Verwandten ein, hielten aber immer die Verbindung zum Landesinnern als psychologische Stütze und Hilfe für ihre Ernährung. Die Berge bewahrte man sich als sicheren Rückhalt, als Gegenstück zu einer mehr oder weniger fiktiven Hoffnung für das in der Stadt untergetauchte U-Boot. Der Verwandte, der mich aufnahm, arbeitete bei der Post. Er reparierte Leitungen und Telefone und bediente das Morsegerät. So hatte ich das Gefühl, ich befände mich im Zentrum des Leitungsgewirrs, das sich über die ganze Insel erstreckte und den Reisenden als Orientierung diente. Er hatte meine Brüder bei sich aufgenommen, und diese waren nach und nach den Reizen der Stadt erlegen. Während ich auf meinen Ausweis wartete, bevor ich ins Seminar auf dem Dare-Hügel eintreten konnte, zählte ich die Tage am Rosenkranz ab. Dare war für mich jenes Gebäude mit Zinkdach, das von der Insel Ataúro aus zu sehen war und die Sonnenstrahlen wie ein Leuchtturm reflektierte. Ein Begriff geworden war mir Dare durch die Gruppe von seekranken Ausflüglern, die an einem stürmischen Tag in einer Barkasse über das Meer nach Ataúro gekommen und, nachdem das Schicksal sie davor bewahrt hatte, von den Haien verspeist zu werden, zur Lobpreisung des Herrn in die Kirche gegangen waren und das Te Deum gesungen hatten, wie ich es noch nie zuvor gehört hatte. Wenn man mich nach meinem Ziel fragte, antwortete ich, das Priesterseminar; dann spickten die anderen ihren Wortschatz absichtlich mit Flüchen wie die Landsknechte und die Kasernenbewohner und erwarteten von mir eine sofortige Reaktion, zum Beispiel, daß ich mir die Ohren zuhielt. Da ich nichts verstand, sagten sie herablassend, da werde schön gesungen, Basketball gespielt und studiert, bis man grau und blind sei, aber manche gingen auch weg, um die Freuden im Colmera-Viertel zu genießen. Und Colmera lag genau auf meinem Weg zwischen Bebora und der asphaltierten Stadt. Ich tat, als machte ich die Augen zu, wenn ich dort an den Soldatentrupps vorbeiging, die sich bei den Prostituierten erleichterten, und an den Herumlungernden ohne Geld, die diese beschimpften. Viele Türen blieben mir verschlossen, wenn ich versuchte, zu einem *korem-metam*-Fest zu gehen, mit dem

Argument, Gott sei dem Lebensgenuß abgewandt, deshalb müsse ich auf weltliche Freuden verzichten. Und ich sah zu, wenn meine Brüder am Samstagabend ihre Tergal-Hosen mit glänzenden Streifen und weitem Schlag anzogen, Brillantine ins Haar strichen und die Viertel am Stadtrand nach Palmhütten durchkämmten, in die eine nicht ganz so strenge Wirtin sie unauffällig einließ. Beim Einschlafen hörte ich von weitem die Geigensoli des berühmten, aus Moçambique stammenden Abril Metam und die Gitarren im exakten Takt eines Walzers, die beschwingt-romantischen Klänge der Brasilianer Teixeirinha und Roberto Carlos oder die schmalzigen Melodien amerikanischer Countrysongs. Eine Musikmischung, bei der einem das Herz übergehen konnte. Und angesichts meines beharrlichen Wunsches, das Leben kennenzulernen, von dem ich angeblich ausgeschlossen war, weil das Schicksal es so wollte, brachten sie mich von meiner Absicht ab und nannten mich Ex-Priester, bevor ich überhaupt einer geworden war, als hätten sie in meinen Augen und meiner Hand schon eine Zukunft ohne Ornat gelesen. Auf Empfehlungen von eifrigen Betschwestern besuchte ich fleißig die heilige Messe in der Kirche von Motael, deren heiliges Ende noch beliebter war. Es bildete den während der ganzen Woche erwarteten Moment, der bei den jungen höheren Angestellten im Verwaltungsdienst mit Karriere und Brieftasche die Hoffnung auf besonders adrette, zur Kommunion gegangene Mädchen mit Verheißung von Altar, Bett und Kindern nährte. Weshalb manche den *korem-metam*-Damen vorübergehend untreu wurden. Abends saß ich mit den übrigen Verwandten vor dem Radio und hörte die heißblütigen Grüße, mit denen Liebe, Verachtung oder Rivalität geschworen wurde, verpackt in Lieder der unvermeidlichen Teixeirinha und Roberto Carlos, an die Prinzessin Sowieso in Ai-Lele Hum oder an das Krokodil, das es wagte, sich dem einsamen Kavalier in den Weg zu stellen. Wenn das Programm endete, gingen die Lichter aus, und Dili versank in Stille mit Hundegebell in der Ferne. Dann kam die Stunde der Gespenster, Betrunkenen und nächtlichen Jäger der Pontiana.

Der Sonntagnachmittag gehörte dem Fußball. Es gab Mannschaften aus Dili, Ableger der Mannschaften aus dem Mutterland wie Benfica, Sporting, Académica, die regionalen Aileu und Café und die timoresische União, deren Spieler und Leiter aus den Missionsschulen kamen. Das Stadion lag neben dem Markt, einem anderen Anziehungspunkt für die Männer aus den Randvierteln, mit Hahnenkämpfen und entsprechenden Wetten, bei denen der Sieg lautstark mit langen *aclalas*, gellenden Kriegsschreien, gefeiert wurde, die selbst die *sai-asso*-Rufe übertönten, mit denen die in Dili stationierten Soldaten die Schiedsrichter verhöhnten. Ich sympathisierte mit Académica, bei denen mein Bruder spielte, und ich polierte seine Stiefel, als garantierte ihm größerer Glanz eine bessere Leistung. Da war José Alexandre Gusmão Torhüter, ein Ex-Seminarist, der Sonette schrieb und kaum einen Ball hielt. Bei jeder Niederlage von Académica wurde ich zur Zielscheibe des Gespötts der Straßenjungen, der *tékraiks*, weil ich auf den falschen Hahn gesetzt hatte. Aber meine Leidenschaft galt União, deren Anhänger die Schiedsrichter auf Tétum beschimpften und deren Spieler, noch beschwingt von Abril Metams Musik, direkt vom *korem-metam* kamen, auf dem Platz erbrachen und vor Spielende auf der Trage abtransportiert wurden.

Die Diözese von Dili war der Treffpunkt für die Fahrt hinauf nach Dare. Am vereinbarten Tag fanden wir uns dort mit den Verwandten, die uns ablieferten, ein. Keine Träne floß. Niemand weinte, denn ins Seminar einzutreten und in die Obhut der Jesuiten gegeben zu werden, das war so, als käme man aus dem Fegefeuer in den Himmel. Ich sah die Gesichter meiner Kameraden aus den Schulen von Soibada und Fuiloro wieder. Größer und kräftiger geworden. Manche trugen die Hosen schon knielang und hatten einen nachdenklichen Blick von den langen, inständigen Vorbereitungen während der Ferien. Sie hatten sich Stil und Stimmung des Seminars angeeignet. Mir war wegen meiner mangelnden Vorbereitung und Besinnung unbehaglich. Sie stopften uns in den geschlossenen Bus wie Küken in einen Käfig; da dieser normalerweise die Mädchen aus der Schule von Canto Resende beförderte, folgten ihm sofort knatternde Motorräder, deren Fahrer ihren Irrtum erst erkannten, als sie auf der Erdstraße in den Staub von Lahane gerieten. Nach einer dreiviertel Stunde hielten wir zwischen gelben Gebäuden inmitten von Kaffeepflanzungen, denen mächtige Djeungdjing-Bäume Schatten spendeten. Das Ganze wirkte wie eine Plantage. Der Ort lag auf dem Weg zu dem alten Verwaltungsposten von Laulara, wo jemand versucht hatte, mit Pflanzen aus vielen Gegenden des Orients einen botanischen Garten anzulegen. Eine Art tropisches Sintra. Es roch nach Sandelholz, Zimt, Durianfrüchten und Kaffee. Die Schule hieß Colégio São Francisco Xavier und war ehemals die Ausbildungsstätte für die Lehrer des Schulzentrums. Nun wurden dort die Schüler des ersten Seminaristenjahrgangs unterrichtet und auf ihre wahre Berufung zum Priesteramt geprüft. Die Leitung bestand aus einem timoresischen Missionar aus Letefoho und zwei Lehrern aus Ermera. Obwohl sie alle aus dem besten Kaffeeanbaugebiet von Timor stammten und die Schule wie eine Plantage geführt wurde, besaß keiner von ihnen Neigung zur landwirtschaftlichen Arbeit, weshalb der dafür zuständige Mestre José Maria junge Leute aus Atsabe holte. Er stellte eine katholische Landarbeitermiliz auf. Viele von uns, aus dem autochthonen ländlichen Milieu in eine Stadt versetzt, die sich in das asphaltierte, von Chinesen beherrschte Zentrum und die Außenbezirke mit einheimischer Bevölkerung und Erdstraßen teilte, hätten gewiß kaum die Möglichkeiten gehabt, das Lyzeum oder die Gewerbeschule in Dili mit Erfolg zu besuchen. Nicht alle träumten davon, Priester zu werden. Sie blieben im Seminar, solange es Gott gefiel und die Männer, die Ihn vertraten, es gestatteten. Der Unterrichtsstoff war der gleiche wie im Lyzeum, mit der Besonderheit, daß auch Choralgesang und Ethik dazugehörten. In Soibada hatte Mestre Egídio sich um die Ausbildung meiner Stimme bemüht. Hier interessierten mich die Noten und der Takt des Solfeggio nicht, denn ich fand, daß die Musiker den Gesang in starre Raster zwängten und damit jeden Spaß daran verdarben. Ich nahm die Strafen des Lehrers auf mich und übte stundenlang auf Knien Solfeggio, dafür sang ich zur Rache aus ganzer Seele die Morna aus Mindelo gegen die Grausamkeit des Schicksals. Man erklärte mir, wie es einem Missionar ohne jede musikalische Ausbildung für die Feierlichkeiten und Gebete in einer abgelegenen Gemeinde ergehen würde, kritisch beobachtet von überspannten, anspruchsvollen Betschwestern, die schnell bereit waren, mit päpstlichen Bullen zu drohen. Und von unten aus dem Seminar, von besagtem Gebäude mit glänzendem Zinkdach, hörte man das regelmäßige Glockenläuten, das den Tag in einen strikten Zeitplan einteilte, und die Klangfülle der Harmonien, die an die Unschuld im Limbus und die Ursprungszeit im Paradies erinnerte. Ich widmete mich mehr dem Sport, orientierte mich aber nicht an den talentierten Seminaristen, die Priester geworden waren, sondern an jenen, die das Seminar verlassen hatten und hervorragende Basketballspieler in den Mannschaften von Dili geworden waren. Ich hatte vergessen, was Vorrang hatte, und ein paar schlechte Noten trugen mir ein väterliches Ultimatum ein, dies sei der einzige Ort, an dem für mich die Möglichkeit bestehe, etwas zu lernen. Bliebe ich sitzen, würde dies bedeuten, daß ich meine Berufung verloren hätte, und meine ganze Zukunft wäre in Frage gestellt. Eine Katastrophe für die Familie. Es würde bedeuten, jede Hoffnung aufzugeben, in das triste Dasein der Außenbezirke von Dili geschickt zu werden und mich in die lange Liste derer einzureihen, die auf eine Chance im Verwaltungsdienst und die vorübergehende Rettung durch den Militärdienst hofften. Fortan lernte ich fleißiger, hielt mich standhafter an die Exerzitien und zeigte mehr Inbrunst beim Gebet. Meine Leistungen besserten sich, damit auch mein Wohlverhalten, und der erfolgreiche Abschluß des Jahres bestätigte meine Berufung. Ich war für das Priesterseminar ausgewählt, meine Zukunft gesichert und die väterliche Sorge besänftigt. Endlich saß ich im Adlerhorst, auf einer herrlichen, von Bougainvillea überwachsenen Terrasse mit Ausblick auf Dili, das Meer und die Insel Ataúro am Horizont. Die Lehrer waren Jesuitenpater. Eine südeuropäische Mischung. Portugiesen, Spanier und der französische Pater Bernard, der als Leutnant den Ersten Weltkrieg mit einem Granatensplitter in der Brust und der Marseillaise im Herzen überlebt hatte. Er hatte das Gelübde abgelegt, war nach China gegangen, das dann, kommunistisch geworden, ihn des Landes verwies, doch hatte er einen Mandarinbart und eine besinnliche Buddha-Miene beibehalten. Er unterrichtete Französisch und Mathematik und manchmal Franco-Mathematik. Endlich lernte ich Latein, das ich so oft bei den Messen, Litaneien und gregorianischen Gesängen unbeholfen ausgesprochen hatte. Das war mein Trumpf, den ich präsentieren konnte, wenn ich mich auf linguistische Diskussionen mit meinen Brüdern einließ, die sich damals dem Flirten mit australischen Touristinnen widmeten und in den Freuden des Plauderns auf Englisch übten. Mit der Grammatik und den literarischen Texten von Ovid und Virgil, *arma virumque cano*, kamen die Deklinationen. Manche ältere Schulkameraden parlierten begeistert miteinander in dieser ehrwürdigen, toten Sprache, als wären sie Reinkarnationen von Kaisern, Philosophen und Eunuchen. Sie waren redegewandt, schrieben in flüssigem, gewähltem Stil und glänzten durch verklemmte Gesten und Haltung. Seltenes verschafft Prestige, und in den Ferien setzte ich meinen Status als Lateinschüler dazu ein, den Ursprung der portugiesischen Wörter zu erklären, die mein Vater aus einem dicken Wörterbuch pickte, weshalb er mich entzückt seinen Patienten wie eine Ergänzung seiner Arbeit präsentierte. Er rettete ihnen die Haut, und wenn er das nicht konnte, rettete ich ihre Seele. Theater gab es regelmäßig, vor allem Stücke von portugiesischen Autoren wie Gil Vicente und José Régio. Lieder- und Lyrikabende fanden einmal wöchentlich statt, manch einer wagte sogar, öffentlich vor einem Publikum mit festem Glauben und Überzeugungen Antero de Quental und seine hehren Zweifel am Göttlichen vorzutragen. Andere übertrafen sich im Verfassen von großartigen Sonetten, von denen ich nichts verstand, doch seitdem unterteilte ich die Menschen in solche, die Sonette dichteten, und andere, die Vierzeiler schrieben. Wir wurden in der Konversation in verschiedenen Sprachen und der Diskussion von Ideen trainiert sowie an Lektüre und Literatur herangeführt. Es gab Abende mit Kunst und klassischer Musik, Filme und Lagerfeuer. Wir hörten Schallplatten und die Stimme eines Paters, der die portugiesische Lyrikerin Sophia de Mello Breyner besang – *wir sehen, hören und lesen* –, dabei war Vietnam nicht weit, und in Angola und Guinea herrschte Krieg. Jahr für Jahr gingen Schulkameraden nach Abschluß der Lyzeumsausbildung in Timor zum Studium der Philosophie und Theologie nach Portugal. Jahr für Jahr kamen neue Pater, die den dumpfen Alltag der Einheimischen bereichern sollten, wurden ins Landesinnere geschickt, verloren sich in der Anonymität, und kein Mensch kümmerte sich je wieder um sie. In Dili sah und hörte man, in Abwesenheit der künftigen Priester, am meisten von den ehemaligen, nicht Priester gewordenen Seminaristen, die sich mit einer Aureole großspuriger Intellektualität umgaben, meiner Vermutung nach das Stigma, weswegen ihnen die Ausübung des frommen Amtes verwehrt worden war. Sie nahmen wichtige Posten in der Verwaltung ein, veröffentlichten Artikel in Zeitungen, unterrichteten in den Schulen und heirateten hübsche, moderne, ansehnliche Frauen. In Dare redete man hinter vorgehaltener Hand über die Bitte des alten *matam-doc*, der eines Tages den Prälat angefleht hatte, man möge seinen Sohn zur Ausbildung zum Padre zulassen, und falls er abgelehnt werde, dann wenigstens zur Ausbildung als Madre. Eine nicht ganz so gute Lösung, aber immerhin eine. Und wegen des Mangels an Lösungen lehnte sich der Bischof gegen den Gouverneur auf. Er nutzte die kirchlichen Feierlichkeiten zum Tag der Rasse in Anwesenheit des portugiesischen Thronprätendenten und bat um Spenden des Königshauses und der Stiftung Bispo de Medeiros, die sich erbot, jenen, die im Mutterland studieren wollten, Stipendien zu gewähren. Und aus dem Mutterland kam die Fußballzeitung *A Bola*, heiß begehrt von den Sportliebhabern, die alle Namen der Spieler auswendig kannten, was den geistigen Leiter zu Vorhaltungen veranlaßte, daß manche Seminaristen die Namen von Fußballspielern kannten, aber nicht die der Heiligen. Eine zweite Zeitung, *A Época*, landete unweigerlich in den Händen jener, die über alles und nichts diskutierten, den Kasernenzank zwischen ranghohen Militärs und die Ablösung von Ministern mit mehr oder weniger dicken Brillen interessant und inhaltsreich fanden und Verständnis zeigten für die Audienz, die der Heilige Vater den sogenannten Top-Terroristen gewährt hatte, da der Heilige Vater in Sachen Politik nicht das Privileg oder die Gabe der Unfehlbarkeit besitzen müsse. Am beliebtesten war die Zeitschrift *Coral*: Da wurden Überlegungen angestellt, Sonette geschmiedet und Vierzeiler gewidmet, die sich in Ermangelung einer Geliebten an ein fernes weibliches Wesen richteten. Ich wagte es, einen Vierzeiler auf die Stadt Lautém einzureichen und sie darin als weiß, nackt und dem Wahnsinn verfallen zu bezeichnen. Dafür handelte ich mir einen Verweis ein, doch ich versteckte den Verriß mit der Begründung, das Gedicht habe zu viel Inhalt und zu wenige Silben.

Ich weiß nicht, was eigentlich in jenem Jahr geschah. Es war das Jahr der Reinigung. Ich hatte das vierte Jahr mit akzeptablen Noten beendet. Aber ich wurde zusammen mit ein paar Kameraden entlassen, die ich für priesterfähig hielt: ehrlich, fleißig und fromm verdrehter Blick. Und in diesem Jahr gab ich zum Kummer der Familie, die auf mich wie auf ein Pferd bei einem Langstreckenrennen gesetzt hatte, mittendrin auf. Meine Rennstrecke war anderer Art.

# 6.

Als Kind wurde mir gesagt, ich dürfe niemals dorthin gehen, wo der Regenbogen entsteht. Es hieß, das sei die Stelle, wo die Boa schlafe und nach einem üppigen Schmaus gähnend blutrote Flecken auf die Wolken spucke, die dann längs der gewölbten Kurve über den Himmel zögen.

Die Stadt Dili machte mir angst, sie war angeschwollen wie eine Boa nach dem Verschlingen eines Büffels. Ihren dicken Leib schleppte sie an der Peripherie entlang. Wenn ich durch die Stadt ging, fühlte ich mich wie ein Bergzicklein, das gleich auf Spießen, als *sassati*, verspeist würde, zwischen all den dichtgedrängten Gebäuden im Zentrum, wo sich die Verwaltung, die Schulen, die Läden der Chinesen befanden und sich die Grünanlage mit rotblühenden Akazien erstreckte, zur Verzierung des von verrosteten Kanonen bewachten Entdecker-Denkmals, die auf die besiegten, reglos daliegenden alten Schiffe der Japaner aus dem Zweiten Weltkrieg ausgerichtet waren.

Der alte, abgearbeitete Krankenpfleger war mit dem Auftrag, Blutungen zu stillen, von Lautém in das Krankenhaus von Lahane versetzt worden. Er arbeitete im Sanatorium, in das die Schwindsüchtigen eingewiesen wurden, dorthin eingewiesen, nachdem sie über lange Jahre versucht hatten, den roten Auswurf mit dem Kauen von Blättern zu verheimlichen. Er wohnte in Vila Verde, in der

Nähe des von enorm hohen Gräsern bedeckten Kaikoli-Moors, in dem das Elektrizitätswerk stand und, wie es hieß, Geister saßen, die jeden kidnappten, der das Moor zu überqueren versuchte, um den Weg zum Markt abzukürzen. Und durch den unterirdischen Abfluß wurde er dann ins Meer getrieben.

Die Stadt Dili lärmte von öffentlichen Fahrzeugen, die mit Metallanhängern durch die Außenbezirke ratterten. Das waren die Laster der Sociedade Agrícola Pátria e Trabalho, die die johlenden *firakus* zu der Fabrik beförderten, wo der Kaffee aus dem Bezirk Ermera, der Heimat der Calades, geschält und gemahlen wurde. Aber vor allem war es eine Stadt voller Läden der Chinesen, die zur Siesta bei offener Tür schliefen, und voller Soldaten, die, da kein Krieg herrschte, über die Strände und die geteerten Straßen schlendernd die Zeit totschlugen. Wenn die portugiesischen Soldaten in die Stadt gingen, legten sie Zivil an, so als pilgerten sie ständig zu der Hilfreichen Mutter Gottes. Und dazu hatten sie auch allen Grund, denn sie waren ja weit weg vom Krieg in den anderen Kolonien. Die Uferstraße erstreckte sich von einem Ende der Stadt bis ans andere, von dem weißen eisernen Leuchtturm, wo die Residenzen der militärischen und zivilen Amtsträger standen, über den Hafen von Dili, wo es nach Sandelholz duftete, das in Kistenform aufs Verladen wartete, bis nach Lecidere, dem weißen Altarkerzenleuchtturm, der offiziellen Bischofsresidenz. Dann setzte sie sich als Erdstraße fort, die über die Brücke von Bidau führte, wo man das nach ihm benannte einheimische Portugiesisch sprach, und weiter bis zum Strand Areia Branca, an dem sich heimliche Liebespaare trafen; eine Frau, die von dort zurückkam, hatte ihren guten Ruf verloren. Und ich tat, als sähe ich nicht die romantischen Gesichter unserer Mädchen, die von einem Motorrad auf das nächste kletterten und sich an die jungen Männer klammerten – die oft genug ihre Freundinnen in Lissabon zurückgelassen hatten –, als wären sie die letzten Kamele in der Wüste.

Dili war keine weiße Stadt. Sie glitzerte mit ihren Zinkdächern, auf denen die Luft verbrannte. Am frühen Abend schloß sie sich wie eine glänzende Muschel, und es war ein bewegender Anblick, wenn in der Abenddämmerung die Insel Ataúro zurückgezogen wie ein Wachposten am Horizont lag.

Wir gingen alle gemeinsam zum Einschreiben. Eine Karawane, früher hätte ich gesagt, eine Prozession, um unsere eigenen Gespenster zu verscheuchen. Für das fünfte Jahr im Lyzeum. Eine ziemlich hohe Stufe, gemessen am Ausbildungsniveau in Timor, womit man eine gute Stelle in der Finanzverwaltung bekommen, Postenchef in einem Städtchen im Landesinnern werden oder beim Militär einen Lehrgang als Milizsergeant absolvieren konnte, der es mit sich brachte, von Untergebenen in strammer Haltung gegrüßt zu werden, und so gut bezahlt wurde, daß man sich eine Honda 90 leisten und eine Freundin mit Schulbildung angeln konnte. Wir wurden von den Veteranen mit Blicken wie glühende Knüppel empfangen, sie verhießen uns Schreckliches, ein Martyrium. Wir waren die Eindringlinge, okkupierten fremden Besitz und, schlimmer noch, wir waren diejenigen, denen das Schicksal den Weg versperrt hatte: die verhinderten Priester. Einige der Veteranen betätigten sich eifrig als Wächter des beängstigenden Tempels, der mir wie aus Blei schien, denn sie hatten, Jahr um Jahr am selben Pult sitzend, Wurzeln geschlagen. Die Zahl derer, die in der Schule scheiterten, war hoch bei denen, die in den Randgebieten wohnten, das Meer in der Nähe hatten, das auch seine Zeugnisse ausstellte, weit weg von ihren Verwandten und in kontrastreicher Umgebung lebten. Das Lyzeum war ein Ort der Auslese, besucht von den Kindern der hohen europäischen Funktionäre, sie kamen morgens verschlafen im Dienstwagen an und wurden von den Lehrerinnen, Ehefrauen von Untergebenen und Subalternen, geweckt: »Hat Herr Pedro schlecht geschlafen?« Bei den Söhnen der kleineren europäischen Beamten und der Siedler, die in ihren Privatwagen kamen, hieß es: »Ruhe, Pedro!« Und bei den Söhnen der einheimischen Angestellten: »Nummer 27, sei still, oder du fliegst raus!«

Und für mich in meinem Moralistenhort hatte sich mit dieser Schule das negative Bild von einem Sündenpfuhl verbunden. Zwar hatte ich mir Mühe gegeben, meine Meinung zu ändern, nachdem mehrfach Schüler des Lyzeums zu Exerzitien ins Priesterseminar gekommen waren, dennoch betrachtete ich sie mißtrauisch als Gehilfen des Teufels im Urlaub. Später stellte ich fest, wie wenig man von diesem Ort profitierte, trotz der hübschen Mädchen in kurzen weißen Kittelkleidern, unter denen ihre weißen

Spitzenhöschen zu sehen waren, und die ein ganzes Heer von *Cowboys* und Motorradfahrern zu wahren Paraden vor dem Gebäude anlockten. Früher war dies die einzige Lehranstalt, die Führungskräfte für die Verwaltung der Provinz ausbildete. Dort im Lyzeum hatte die Mocidade Portuguesa ihre Feste veranstaltet, manche Schüler hatten eine Karriere als Scharführer der *castelos*, Lebenskünstler oder Sänger gemacht, auf Tétum lockere Texte zu englischen Schlagern geschrieben, die dann auf alle Zeit in den Herzen der *korem-metam*-Stammkunden blieben:

»*Hau hakarek surat ida*. Ich schreibe einen Brief ...«

Nur wenige hatten die Chance, es mit der dritten Stufe zu versuchen und von einem Stipendium für ein Studium in Portugal zu träumen. Normalerweise wurde die zweite Stufe in einem Alter beendet, in dem der Militärdienst oder eine Heirat bevorstand. In Anbetracht der schlechten Schulerfolge und des Mangels an Berufsmöglichkeiten wurde eine Gewerbeschule eingerichtet, benannt nach dem damaligen Minister für die Überseegebiete Silva Cunha. Ein modernes Gebäude, das mich an einen Taubenschlag erinnerte. Dort wurden viele junge Timoresen, zum größten Teil aus dem Landesinnern, unterrichtet. Sie wünschten sich eine kurze technische Ausbildung, mit der sie eine Stelle bekommen konnten. Und dorthin verlagerte die Mocidade Portuguesa ihre Aktivitäten und überließ das Terrain dem für die Regierungspartei ANP Verantwortlichen, der zugleich Rektor war. So wurde der politische Flügel neben dem paramilitärischen rekrutiert, beide vom Regime kontrolliert.

Gouverneur von Timor war damals Alves Aldeia, ein Oberst, womit sich auch nach der Befriedung des Territoriums die Linie der Militärgouverneure fortsetzte. Er war ein großer, robuster und energischer Mann, von flammender Wortgewalt, die der des Bischofs Konkurrenz machte, vor allem eine sehr markante Erscheinung nach den grauen, unscheinbaren Gestalten, die vorher den Palast geziert hatten. Seine Mission und sein Wunsch waren es, Timor und die Timoresen dem Vergessen zu entreißen, da es über lange Jahre als reiner Abstellplatz für Subversive fungierte. Er besuchte das gesamte Gebiet, Städte und Dörfer, manchmal im Auto, manchmal zu Pferd und oft zu Fuß. Er fuhr in einem kleinen Küstenboot über das Meer nach Ataúro und legte Wert darauf, dieses zu betonen, denn das hatte vor ihm noch kein anderer Gouverneur fertiggebracht. Er empfing die *liurais*, war über Krankheiten der *suku*-Chefs und die Probleme der Bevölkerung informiert. Wenn er sie nicht lösen konnte, griff er in die Tasche, verteilte hier und da etwas und brachte so die Klagen der traditionellen Würdenträger zum Verstummen. Ihm war ungemein wichtig, daß alles, was er tat, in Timor bekannt, im Mutterland verbreitet und mit dem damals weniger entwickelten indonesischen Timor verglichen wurde. Er sorgte dafür, daß die Zeitung *A Voz de Timor*, »Die Stimme Timors«, seine Taten und Auftritte, die er zu Festakten gestaltete, deutlicher hervorhob, vor allem, nachdem ein in Moçambique ausgebildeter timoresischer Journalist dazugekommen war, der über den dortigen Krieg berichtet hatte. Das war Ramos-Horta, der das Zeug zum

Kriegsreporter hatte. Im Grunde war das eine kleine Rache des Gouverneurs, weil die Zeitung *A Seara*, im Besitz der Diözese von Dili, mit einem nationalistischen Artikel eines gewissen Ramos Paz über die Rolle der Einheimischen der örtlichen Unzufriedenheit eine Stimme verliehen hatte. Jeder Zeitung ihren Ramos. Der Gouverneur wollte seinen eigenen haben, um dem des Bischofs Paroli zu bieten. Ein Palastkrieg unter Kampfhahn- bzw. Ramos-Besitzern. Timor erlebte damals sein Entdeckungszeitalter. Zwar lag die Insel am Ende der Welt, sich selbst überlassen, doch inzwischen erreichte die Außenwelt die Palmstrohhütten. Nichts, was im Ausland passierte, entging den Timoresen. Dank der australischen Touristen, die sozusagen gleich um die Ecke zu den verlockenden Stränden von Kuta Beach auf Bali pilgerten, und dem Bombardement mit Nachrichten und verbotenen Liedern durch die australischen Radiosender. Die Zeitung *A Seara* hatte auf ihren Seiten den Ex-Seminaristen die Möglichkeit eingeräumt, ihre Thesen vor den entzückten Augen ihrer Landsleute auszubreiten. Die heidnische Ehe, den *barlaque*, den jemand als Phänomen eines rückständigen Volkes zu bezeichnen gewagt hatte, verteidigten sie als legitim. Und als Ramos-Horta sich erdreistete, die Feder zu zücken und für *A Seara* einen Artikel zugunsten des Maubere-Bruders zu schreiben, sah der Gouverneur die Stunde gekommen, die Stimme der Kirche zum Schweigen zu bringen. Eine bittere Strafe für Pater Martinho Lopes, den damaligen Leiter der eingestellten Zeitung. Da half ihm auch nichts, daß er zum Abgeordneten des portugiesischen

Parlaments ernannt worden war und dieses Amt auch ausgeübt hatte. Indonesien tat ihm später noch Schlimmeres an – er wurde aus Timor ausgewiesen. Und auch da half ihm seine Ernennung zum Bischof nichts. Der Gouverneur fand, der Verrat seines Kampfhahns war das Schlimmste, was ihm passieren konnte. Und vor allem, daß er versucht hatte, den Herrn zu wechseln. Ihn, der ihn mit Wertschätzung und bei besten Bedingungen herangezogen hatte. Ihn, der in seinem *kulit mahar*, seiner dicken Haut, sein *sikat* erkannt hatte, seine magische Journalistenfeder. Auf die Arroganz des Gegners reagierte er mit Strenge. Er machte ihn mundtot und verschonte den Hahn, so wie es die wahren Liebhaber dieser Kunst tun. Man kann seine Büffelherde verlieren, das Reisfeld, die Kaffeeplantage, das Haus, die Schätze an Perlenketten, Gold und Silber, *mutisala*, *ossan mean* und *ossan mutin*, die Frauen, die eigene Frau und den Glauben. Aber nie einen Kampfhahn!

Unermüdlich übte Alves Aldeia sein Gouverneursamt auf eine Art aus, die später als tolerant bezeichnet wurde, unterstützt von dem Ingenieur Ângelo Correia als Feldadjutant, ein lebenslustiger, amüsanter Mann mit langem Atem, weshalb ihm auch die Leitung der Tourismusbehörde anvertraut wurde. Man sagte ihm schon eine große Zukunft voraus. Aber alle waren der Meinung, daß er, der Gouverneur, eine gewisse Vorliebe für die traditionellen Würdenträger pflegte und sich als ihresgleichen betrachtete. Er ließ sich von einem einheimischen Maler in traditionellem Gewand und althergebrachter Pose in Öl malen. Als Reinkarnation der heroischen, lusitanischen Seele von Dom Aleixo Corte-Real. Die *liurais* liebten ihn. Zumindest verhielten sie sich so. Auf der anderen, der indonesischen Seite gab es ebenfalls einen Oberst als Gouverneur, El-Tari. Es kam zu gegenseitigen Besuchen, Empfängen, Geschenken, und man versprach, einander zu respektieren. Ganze Karawanen von Sportlern und Künstlern der portugiesischen Seite besuchten die Stadt Koepang und berichteten bei der Rückkehr begeistert von der Liebenswürdigkeit der Herrschenden, dem Liebreiz der Frauen und der Euphorie der Nachbarn über die Darbietung portugiesischer Folklore durch Timoresen. Von der indonesischen Seite kamen exzellente Basketballspieler von der Insel Java, Tänzerinnen aus Bali und die berühmte Sängerin Ervina aus Surabaya, deren agile, schimmernde Beine, so berühmt wie das Säuseln ihrer Stimme, die Massen an trunkenen und hysterischen Soldaten auf dem Volksfest am Tag des Heiligen Antonius zur Raserei trieb. Just während des Besuchs von El-Tari tauchten vereinzelt Flugblätter mit pro-indonesischer Propaganda auf. Man wußte und redete hinter vorgehaltener Hand von den Ereignissen im Jahr 1959, in deren Folge einige timoresische Familien Verwandte verloren hatten, die der Aufwiegelung beschuldigt und anschließend nach Angola, Moçambique und den Azoren deportiert worden waren. Zwar hatten einige tatsächlich von der Präsenz der Portugiesen profitiert, doch hegten sie der Kolonialmacht gegenüber eine Haßliebe. Nun glaubten sie, die Stunde sei günstig, sich klandestin zu äußern. El-Tari hatte mehr Vertrauen zu Alves Aldeia. Sie waren gleichwertig, jeder in seinem Reich. Und um keinen Anlaß zu böswilligen Schlüssen zu geben, daß der Flirt der beiden Nachbarn einen aufmerksamen Beobachter ausschließe, das womöglich interessierte Australien, das in der Vergangenheit interveniert hatte, wurde auch die Stadt Darwin in den Flirt einbezogen, oder anders gesagt, in die *Menage à trois* der Zwerge.

Venâncio war der Älteste von uns allen und trug eine Brille, die ihn noch älter wirken ließ. Er war der Anführer einer Gruppe von Ex-Seminaristen aus Dare, die noch in Auftreten und Gestik die gemessenen Bewegungen kirchlicher Verrichtungen zeigten. Er kam auf dem Fahrrad zur Schule, einem alten schwarzen 28er Fahrrad, erstanden aus letzter Hand bei einem Alteisensammler, einem aus Macau Deportierten. Manche spotteten, der Ex-Seminarist werde eher auf dem Schrotthaufen landen als das Fahrrad, das lauter klapperte als die Hufe von Adrianos Pferd, der auf seinem dem Schlachthaus entronnenen Gaul immer mit Venâncio zusammen ankam. Adriano war der einzige Reiter im Ort, ein einsamer Kavalier. Im übrigen war die ganze Stadt ein Park von einsamen Kavalieren, die einen zu Fuß, andere auf dem Fahrrad, in Nachahmung der Filme im einzigen Kino, dem Sporting, das die Streifen von Trinità, die Liebeskomödien des Italieners Gianni Morandi zeigte, dessen Lied *Non sono digno de te* jeden Abend das Radio heißlaufen ließ und in Wunschkonzerten bis zur Erschöpfung gespielt wurde.

Wir hatten vereinbart und uns geschworen, daß keiner von

uns von früheren Zeiten Abstand nehmen wollte. Die im Laufe der Jahre in der Klosterschule erworbene Arbeitsmethode und geistige Disziplin mußten eigentlich Trümpfe für künftige Zeiten und eine Erfolgsgarantie sein, wie schon von anderen, vor uns Ausgesiebten, erprobt, die ausgezeichnete Schüler waren. Wir brauchten nur den vorgezeichneten Weg weiterzugehen. Die einzige Neuigkeit bestand darin, daß wir von nun an den Unterrichtsraum nicht mit den Bildern der frommen Schutzpatroninnen teilten, mit denen jeder im Streben nach Erleuchtung sein Pult schmückte, sondern mit Mädchen, die über unsere mangelnde Reife auf bestimmten, so mancher von ihnen bestens vertrauten Gebieten tuschelten. Aber die väterliche Order war gebieterisch und endgültig. Dies hier war der Hahnenkampfplatz, und ich hatte mich nicht mit anderen Federn zu schmücken, sondern wie ein Hahn meinen Kampf zu bestehen. Die Tatsache, daß junge Timoresen mit Stipendien ausgestattet zum Studium ins Mutterland gingen, ließ meinen Erzeuger den Kummer darüber, daß ich vom klerikalen Leben ausgeschlossen worden war, vergessen und darauf setzen, daß ich das Land über den Flughafen verlassen würde, zur Krönung der schweren Jahre, die er durchgestanden hatte. Das wäre die Stunde, mit dem Triumph, daß ein Sohn von ihm ins Flugzeug gestiegen war, seinen Einsatz zurückzubekommen. Das gleiche Gefühl hatte ich in den Gesichtern der Verwandten derer gesehen, die abreisten. Ich ging extra zum Flughafen, um zu erleben, wie derjenige abreiste, der einmal als Enfant terrible der Ex-Seminaristen gegolten hatte. Er besaß ausgeprägte

Musikalität, aber vor allem eine, wie es hieß, überdurchschnittliche Intelligenz. Er hieß Abílio Araújo. Ein kleiner, dicker, ewig lächelnder Bursche, mit der Pose eines Verwaltungsbeamten und den Allüren eines Regierenden. Angeblich hatte Alves Aldeia, der ihn protegierte, ihm einen leitenden Posten in der Wirtschaftsbehörde versprochen. Nicht nur ein Regierender hatte auf ihn gesetzt, auch alle ihm aufgrund irgendwelcher uralten verwandtschaftlichen Bande Nahestehenden wollten erleben, daß einer ihrer Söhne eine verantwortungsvolle Position in der Verwaltung des Territoriums einnahm. Bei dieser Gelegenheit wurde mir klar: Der Himmel eröffnete sich denen, die am Boden blieben. Der Hahnenbesitzer reckte den Sieger in die Höhe. Dann kehrte aus dem Himmel des Mutterlandes, wo er Forstwirtschaft studiert hatte, Mário Carrascalão zurück und übernahm die Leitung der Behörde für Forst- und Landwirtschaft. Er war der Sohn des alten, aus dem Algarve stammenden Carrascalão, ein Mann, dessen Größe nicht das lahme Bein und eine verstümmelte Hand verbergen konnte, die Folge anarchistischer Aktionen gegen das Salazar-Regime, weshalb er nach Timor verbannt worden war, wo er dann eine Autochthone geheiratet hatte. Er wurde zu einem angesehenen und erfolgreichen Kaffeepflanzer und später durch das Amt als Bürgermeister von Dili rehabilitiert. Timor besaß die Zauberkraft, impulsive Gemüter zu beruhigen. Ein anderer Sohn, Manuel Carrascalão, wurde vom Wahlkreis Timor als Kandidat der ANP für das portugiesische Parlament aufgestellt. Anläßlich seiner Nominierung fragte der damalige Journalist Ramos-Horta, ob die Regierung, falls es einen Gegenkandidaten gäbe, diesem logistische Unterstützung für eine Teilnahme am Kongreß der Opposition im portugiesischen Aveiro gewähren würde. Alle glaubten, die Behörden würden dem scherzhaft-aufwieglerischen Journalisten mit einem Haftbefehl antworten. Alves Aldeia nutzte die Frage zur Begnadigung des Journalisten und Verbannung des Kandidaten, mit dem Argument, die Regierung unterstütze kein Umstürzlertum. Damit wurde Manuel Carrascalão aufgestellt, und später drangen Nachrichten nach Timor, daß man ihm das Wort verboten hatte, als er im Parlament in Lissabon sprechen wollte. Ein Affront, meinten einige, und dazu noch ein Beweis von Ignoranz, schließlich sei er der Repräsentant des entlegensten Teils des gesamten Staatsgebietes, wo der Mythos des *matebandera-hum* mit dem Blut einheimischer Helden wie Dom Jeremias de Luca und Dom Aleixo Corte-Real aufrechterhalten werde. Andere sagten, man hätte wenigstens einen Kirchenmann, klug und gebildet wie die Pater Jorge Duarte oder Martinho Lopes, entsenden können, um den Parlamentariern die Stirn zu bieten. Doch das Mutterland hatte sich noch nie viel um Timor gekümmert, und dieses Mal hatte es sich wie eine Stiefmutter verhalten. Aus Angola, wo er Topographie studiert hatte, kehrte der jüngste Sohn João Carrascalão zurück. Groß wie der Vater, kräftig wie die Mutter und beleibt von Cuca und Laurentina, Biersorten aus Übersee. Mit ihm kehrte Mari Alkatiri heim, auch er ein potentieller Anwärter für ein öffentliches Amt, aus der arabischen Gemeinde vom Campo de Mouros stammend, der sich einstmals sämtlichen Vorurteilen zum Trotz zu Exerzitien ins Priesterseminar von Dare begeben hatte. Ein Moslem, der über ein fernes, im Saum des aufgehenden Mondes verstecktes Jesuitennest flog, um die Strukturen der klösterlichen Heerscharen und die Absichten der »Kreuzritter« zu sondieren. Seinen Brüdern, die das Lyzeum besuchten, sagte man nach, sie benutzten Zaubermittel, *maningas,* zu diversen Zwecken und besäßen das Elixier der Intelligenz, eingeschmuggelt von ihrer aus Arabien stammenden Familie. Wenn Prüfungen anstanden, wurden sie immer von den Versetzungsgefährdeten heftig umworben. Das Topographenduo fuhr fortan in roten Cabriolets mit Mädchen hübsch wie Starlets auf der Avenida am Meer spazieren. Und wenn ich sie vorbeifahren sah, träumte ich davon, eines Tages selbst stolzer Behördenchef zu sein, ein Auto wie aus dem Kino und eine Freundin zu haben, nach der sich die Passanten die Hälse verdrehten. Endlich nahte die Stunde für die Einheimischen, in die Verwaltung einzutreten. Ein Studium war das Wichtigste, um den unseligen Ausspruch eines bekannten Prälaten zu widerlegen, Timor sei mit einer Feldhacke besser gedient als mit einer Schreibfeder.

Venâncio mit seiner feinen Feder besaß im Portugiesischunterricht ein großes Ansehen als einer, der lateinische Vokabeln deklinieren konnte und sich in komplexen Bereichen der Magna Mater von Pessoa, Alexandre Herculano, Zarathustra, Camões und Platon auskannte. Wie ein perfektionistischer Archäologe suchte er zu Hause in seinen

Aufzeichnungen aus dem Priesterseminar nach schwierigen, gewählten Wörtern zum Ausschmücken seiner Aufsätze und trug diese bereitwillig im Unterricht vor, womit er uns Arbeit und peinliche Situationen ersparte und die blonde Lehrerin über den Zauber und die Verführungskraft der behandelten Themen, die immer mit dem ewigen Streben nach Glück endeten, erröten ließ. Und Felicidade, was ja auf portugiesisch Glück heißt, trug lange schwarze Zöpfe; peinlich berührt über den Wortkünstler und die mangelnde Verschlüsselung, zuckte sie die Achseln und biß sich vor Wut auf die Lippen. Solch eine Kühnheit hatte sie von einem verhinderten Priester nicht erwartet, einem, der eigentlich auch in Sachen Flirt zurückhaltend sein mußte. Sie fand es nicht gerecht, daß er sich, und damit auch sie, öffentlich vorführte, und das in einer Angelegenheit, die im Prinzip mit ersten Annäherungen beginnen mußte, wie kurzen Blickkontakten, Andeutungen, gestohlenem Taschentuch und schließlich heimlichen Briefen, nicht mit einem Brief, der den Empfänger nicht nennt und der letztlich die Lehrerin mehr beeindruckte als Felicidade selbst. Und als das Schuljahr zu Ende ging, hatte Venâncio sich in den Mäandern der Werke verloren und sein Glück noch immer nicht gefunden. Dann entdeckte er den Charon. Er bewarb sich um ein Stipendium und setzte über die sieben Meere, um in der portugiesischen Stadt Évora eine Landwirtschaftsschule zu besuchen.

Adriano betrat das Klassenzimmer immer in feierlichem Schritt, als säße er noch auf dem Pferd. Er hatte eine Gestalt wie John Wayne und bewegte sich wie Trinità. Er pfiff die Melodie seines Lieblingsfilms, ohne die Lippen zu spitzen. Gekleidet ging er immer, wie er sich einen Cowboy vorstellte, allerdings trug er glänzende Tergal-Hosen. Für die sündhaftteuren Jeans, die die philippinischen Matrosen von dem Handelsschiff *Muti* in Dilis Hafen unter der Hand verkauften, hatte er kein Geld. Adriano hatte sich in Fernanda verliebt, sie saß in der Reihe vor ihm. Ihre langen schwarzen Haare fielen ihr wie ein Wasserfall über den Rücken, und die Augen, die Hände, Leib und Seele des Kavaliers liebkosten sie. Fernanda war vergeben, aber nicht von den Eltern versprochen. Ihr Freund, ein höherer Polizeibeamter, entführte sie, ihr Stuhl blieb leer, und Adriano blickte ins Leere und verfluchte sein Schicksal. Da doch er der Cowboy war, hätte eigentlich ihm diese Kühnheit zugestanden.

In diesem Jahr reiste mein alter Krankenpfleger nach Singapur, um die Besatzung des Schiffes *Arbiru* zu betreuen, und versprach mir, wenn ich bei seiner Rückkehr Erfolg in der Schule vorweisen könne, dann dürfe ich mich von Kopf bis Fuß modernisieren. Gesagt, getan. Er gestattete mir, das Haar lang zu tragen, und wir gingen zum chinesischen Schneider, der mir eine Hose mit weitem Schlag anfertigte, sie schleifte so auf dem Boden, als wären meine Beine als wandelnde Besen konzipiert. Von Vorteil war die Ergänzung meiner Kleidung. Schuhe mit dicken Absätzen, extra in Singapur als Versetzungsgeschenk gekauft, die mir luftige Sicht verschafften und mich mit der vom Meer wehenden klaren Brise erfrischten. Auf meinen hohen Absätzen wohnte ich im dritten Stock in einer Parterre-Stadt. Aber dem scharfen Blick derer, die nach fremdem Unglück gieren, entgeht nichts. Sie richteten ihre Batterien auf mich und hinterließen auf meiner Stirn ein Mal, das noch heute den Timoresen ein Begriff ist, selbst denen, die erst nach meinem Weggang aus Timor geboren wurden: *Takas*! Für mich klingt das nach altem Auto. Nach Unimog, solche Schwierigkeiten hatte ich, mein Tempo zu beschleunigen.

Nach Abschluß der zweiten Stufe traten, abgesehen von Venâncio und anderen, die ins Mutterland gingen, einige beim Militär auf der Stelle, und wieder andere benutzten die Stechuhr im öffentlichen Dienst. Mein Alter und der von meinem Vater entworfene Weg schlossen diese Möglichkeiten aus. Nachdem ich mich für die dritte Stufe eingeschrieben hatte, zählte ich zu dem halben Dutzend derer, die von einem Studium im Mutterland träumten, sofern der Gouverneur seine Politik beibehielt, mit der Vergabe von Stipendien timoresische Führungskräfte auszubilden. Und um diese Zeit trafen aus dem Mutterland einige junge Reserveoffiziere ein, viele von ihnen waren wegen politischer Aktivitäten an der Universität mit der Einberufung zum Militär bestraft worden. Und ihre Frauen unterrichteten am Lyzeum und versorgten mich mit verbotener Literatur. Sie sprachen vom Coimbra der Serenaden, des Fados und der studentischen Bräuche, von der Anfeindung und Beleidigung des höchsten Amtsträgers der Nation. So wie ich früher offen die Bibel im Licht des Petromax verschlungen hatte, so verschlang ich nun nachts im Schein einer

Taschenlampe *Schwarze Haut, weiße Masken* von Frantz Fanon und *Die Mutter* von Gorki. Danach fühlte ich mich wie verändert, nicht weil sie mich so tief beeindruckten wie die biblischen Geschichten, eher wegen der Vorsicht, die ich bei der heimlichen Lektüre walten ließ. Ich weiß noch, daß die Philosophielehrerin darüber klagte, wie satt ihr Mann den Krieg habe, ein Hauptmann der Reserve, den sie an die Front geschickt hatten, zur Ablösung der Offiziere, die in der Nachhut in Sicherheit waren. Zum ersten Mal dienten die Ohren der Einheimischen den Klagen derer, die vormals Begeisterung hatten verbreiten sollen. Timor war eine gute Nachhut. Zumindest schien mir das so in Anbetracht der Leitung der Erben des Regimes. Staatspräsident Américo Tomás, Kardinal Cerejeira, der Bankier Champalimaud und General Spínola. Vermutlich gab es noch andere getarnte, schweigende Erben. Das Militär setzte seine Kampagne zur moralischen Aufrüstung der Truppe ohne Krieg fort, die überall im Territorium einquartiert war und wesentlich zum Bau von Schulen für junge Timoresen beitrug, die sonst keinen Unterricht erhalten hätten. Dazu wurden hier und da in den Kasernen Talente rekrutiert, portugiesische wie einheimische, romantische Sänger und Gangsterimitatoren, die, statt mit einem Gewehr, mit Gitarre und Mikrophon bewaffnet, als sogenannte Künstlerkarawane durchs Land zogen, ähnlich wie in den Wildwestromanen. Das war fraglos die einzige Gelegenheit, bei der man die verbotenen Lieder eines gewissen José Afonso – *Grândola, vila morena* – hören konnte, gesungen von Studentenoffizieren. *Viras*, *corridinhos* und Lieder von António Mafra, gesungen von Soldaten der Volkstanzgruppen der Provinz, und das Stöhnen einer Frau, imitiert von einem *bas-fond*-Sänger der Lissabonner Diskotheken, in dem berühmten französischen Schlager *Je t'aime moi non plus*. Immer kühner geworden, zeigten sie auch in den Kasernen Filme, zu denen man im Kinosaal des Sporting auch als Volljähriger keinen Zugang hatte. Zu dieser Gelegenheit wurden die Kasernentore für die als in ihrem Wesen weiblich verstandene Bevölkerung geöffnet. Also mußten wir wie bei einer militärischen Übung unter dem Stacheldraht hindurchkriechen, während die Wachen sich vom Parfum der Besucherinnen und Konkubinen ablenken ließen. Das Fleisch ist schwach, selbst hinter Stacheldraht. Im Dreck der Schweine liegend, die um die Kaserne ihre Runden zogen, konnte ich zum ersten Mal die großartige Schauspielerin sehen, die mich faszinierte wie ein seltener Vogel und erschreckte, weil sie genau wie die Pontiana aussah. Vanessa Redgrave führte die hohe Kunst der amerikanischen Ballettänzerin Isadora Duncan vor, verliebte sich in den russischen Dichter, der Wodka trank, die Revolution machte und sagte, er würde sie gern wie ein Tiger lieben. Mir kamen Zweifel, ob dieser Kommunist tatsächlich kleine Kinder aß. Zumindest gefiel ihm diese große, kräftige Amerikanerin mit Meerwasseraugen wie jene, die zu uns ins Haus kam und in Same Mambae lernte. Eine Anthropologin, die Blätter kaute und mit der Betonung der Calades statt eines F immer ein P sprach, was zu Gelächter und einer lockeren Atmosphäre führte. Außer ihr interessierten sich noch andere Anthropologen anderer Nationalitäten für Themen, die damals als unbedeutend und unwichtig galten, denn was uns als Lehrstoff vermittelt wurde, kam alles von der anderen Seite der Erdkugel.

Von heute auf morgen verlor der Geiger Abril Metam praktisch seine Aureole, gewann aber, in die Vororte abgedrängt, wo die Beleuchtung bei den *korem-metam*-Festen noch aus Petroleumlampen kam, an Attraktivität. Die Erweiterung des Stromnetzes erlaubte in der Stadt Neues. Musikergruppen mit elektrischen Instrumenten sangen Rock und ließen zum Ye-Ye tanzen, allerdings tanzten die timoresischen Paare, die Frauen in Batik, weiterhin eng umschlungen, selbst bei Voltzahlen, daß einem das Trommelfell platzen konnte. Da waren die Cinco do Oriente und die Ué-Lulik, die die Creedence Clearwater Revival, die Rolling Stones und die Beatles imitierten und ein paar timoresische Stücke mit neuem Rhythmus spielten. Im Radio hörte man die große Amália, bis sie eines Tages beschloß, nach Timor zu reisen und für die Timoresen zu singen, doch die bekamen die berühmte Fado-Sängerin, als sie von Schmerz und Saudade sang, nicht zu sehen. Die Offiziellen hatten sich mit ihr in einem so winzigen Raum verschanzt, daß sie beinah erstickte. Als wollten sie vor den Augen und Ohren der Einheimischen die Stimme einer Seele mit Zauberkraft verstecken, die womöglich heimliche Wünsche wecken konnte. Dann, auf den Protest der Sängerin hin, präsentierten sie eine erschöpfte, geistesabwesende Amália in einem Stadion fast ohne Timoresen. Da erinnerte ich mich an meinen

Schulfreund, so dünn wie der Vater, den Sohn von Mestre Egídio aus Soibada, und suchte ihn auf. Er holte tief Luft, und aus seiner Kehle, seinem Mund strömten Töne wie ein Wasserfall, als er den Fado *O povo que lavas no rio* anstimmte. Damals stellte ich mir einen Fluß so groß wie das Meer vor, ich wußte ja noch nicht, daß der Tejo in die Stadt hinein reichte. Und von Zeit zu Zeit verließen ihre Docks junge Männer, bleicher als die Flocken des Kapokbaums, und das Schiff *Timor* lud sie an den Kais von Dili aus und nahm andere an Bord, mehr von der Zeit als von der Sonne gebräunt, und an Land zurück blieben traurige Mädchen meines Volkes aus *Loro Monu* und *Loro Sae*, in Colmera zu Hause, die sich rasch einen schlecht sitzenden Minirock angezogen hatten, um am Kai das Lied der Sirene zu hören: »*Malae bá ona*! Der Fremde geht fort.«

Mein Bruder Toni sprach inzwischen dank seiner eifrigen Übung als freiwilliger Fremdenführer gut Englisch. Er bildete zusammen mit Carlos Campara ein Gespann, und beide versprachen mir, mich in das ersehnte Reich der weltlichen Freuden einzuführen. Der eine sagte, das Erlernen einer Sprache setze immer Initiationsrituale in Form von körperlicher Betätigung voraus. Der andere ergänzte, er unterhalte sich mit den *camonas*, den australischen Touristinnen, lieber in einer Fremdsprache wie dem Französischen. Er sage dann nur *je t'aime moi non plus*, mit geschlossenen Augen, und damit habe es sich. Der Rest sei Latein, so wie in der Kirche, wenn der Priester die Messe lese. Toni war derjenige, der für den Solisten der Band Cinco do Oriente den Text der Lieder von den LPs aufschrieb. Die australische Gesellschaft Broken Hill hatte ihm Arbeit bei den Erdölbohrungen von Betano, Alas und Suai an der Südküste angeboten. Er hatte das Alter für den Militärdienst erreicht und mit australischen Freundinnen einen Fluchtplan geschmiedet. Zwar besaß er die Kondition eines Boxers, aber nicht genügend Patriotismus, um in eine Uniform zu steigen. Ein paar verhüllte Drohungen von Sergeanten, daß sie im Ausbildungszentrum auf ihn warteten, um mit ihm abzurechnen, überzeugten ihn endgültig, daß die Flucht die einzige Alternative war. Ein Großteil der jungen Männer in Dili träumte davon. Ein anderer älterer Bruder, nach dem Propheten Ananias benannt, des Lebens in der Stadt überdrüssig, verspürte den Ruf der Sippe, kehrte zu unseren Ursprüngen in Manufahi zurück und heiratete eine Autochthone gleichen Blutes nach dem traditionellen Hochzeitsritual samt Mitgift. Die Familie entledigte sich ihrer neutralen Teile und festigte sich in strengen Strukturen von Bündnissen und Schwüren.

Das Beklagen von Sünden und die ständige Bereitschaft zur Selbstkritik hatten mich zu einem weinerlichen Menschen gemacht. Als die Nachricht von dem Schiffsuntergang verbreitet wurde, kamen mir die Tränen. Ein Jahr früher, und ich wäre Halbwaise geworden. Man hätte meinen können, dieses Schiff sei gegen Monsune und Piraten gewappnet. Das bestätigte auch sein Name *Arbiru*, nach jenem portugiesischen Leutnant benannt, der es gewagt hatte, die Bevölkerung von Cailaco verhungern und verdursten zu lassen, nachdem sie sich auf dem Berg verschanzt hatte, um keine Steuern zahlen zu müssen. Eigentlich hätte ich vor Freude über die wenn auch späte Rache der Götter weinen müssen. Noch nie hatte ein Unglück ein Volk so eng mit denen geeint, die es beherrschten. Angeblich war das Schiff mit seiner kostbaren Fracht, Ehefrauen von hohen Funktionären, die zum Einkaufen nach Singapur unterwegs waren, gesunken. Der Bericht des einzigen Überlebenden steigerte die Auflage der Zeitung *A Voz de Timor*, und obwohl der Leiter des Wetteramtes sich um eine wissenschaftliche Erklärung bemühte und eine Graphik präsentierte, laut der das Unwetter genau auf der Route der *Arbiru* stattgefunden hatte, ging das Gerücht von einer anderen, leidvollen Version um, die indes noch zu Hoffnung berechtigte:

»Piraten auf Backbord!« hatte jemand gerufen.

Als die Tränen getrocknet waren, reiste der Gouverneur zu Konsultationen ins Mutterland. Fast hätten ihn die Ereignisse vom 16. März 1974 in Lissabon überrumpelt und an der Rückkehr nach Timor gehindert. Als er zurückkehrte, versammelte sich die ganze Stadt, um ihren Chef, ihren *naiulum*, zu empfangen, und dieser nahm, begeistert über den Empfang, hinsichtlich der Zukunft kein Blatt vor den Mund. Mit einer emotionalen Rede geißelte er all jene, die es wagten, das Schicksal der Nation in Frage zu stellen, und zu einem Gemeinwesen gehörten, dessen legitimer Repräsentant in Timor er sei. Das war die Grabrede des *liurai mutim,* des weißen Häuptlings, oder der Schwanengesang der Ära des Imperiums, das bis zum Berg Ramelau reichte. Wenig später, am 25. April 1974, fand in Portugal die Revolution statt.

## 7.

Der alte Krankenpfleger hatte zu mir gesagt, der Untergang der *Arbiru* sei ein Vorzeichen dafür, daß eine Katastrophe geschehen werde. Da er es ja gewohnt war, aus den Zeichen der Zeit und dem Gesang der Vögel das Los und den Tod der Menschen zu lesen, fand er keine Ruhe mehr, nachdem ich ihn in Tränen aufgelöst an jenem verhängnisvollen Tag erlebt hatte. Er weinte vor Kummer über dieses so tragische Ereignis und dachte an die Stunden zurück, in denen er mit den Matrosen den Seegang, den drohenden Monsun, die Sternschnuppen und Singapurs Schönheiten erlebt hatte. Aber sein tiefes Leid ließ mich annehmen, daß er wegen etwas anderem weinte und daß ihm vielmehr die kommenden Zeiten Sorgen bereiteten. In Zukunft, sagte er, könne Erfolg in der Schule mir zur Belohnung die Möglichkeit zum Exil oder zur Verbannung bescheren. Dieses Mal wog seine Ermahnung so schwer wie eine Lossagung. Wenn die Katastrophe eintrat, würde ich weit weg sein und sie nicht mit ihm, der schon ganz unter dem Eindruck von Feindseligkeiten stand, erleben können.

Die Nachricht über die Bewegung ging durchs Radio, und die Kommuniqués der Junta de Salvação Nacional klangen eher wie eine Fußballreportage, bei der die Hörer gespannt auf die Totoergebnisse warten. Der Fußball war im übrigen das einzige beständige Bindeglied zwischen dem Mutterland und seinem fernen Territorium Timor, vor allem nachdem der timoresische Spieler Pincho zum Klub Belém gegangen war.

Alles lief wie früher weiter. Der Gouverneur fuhr von seiner Residenz auf der Anhöhe von Lahane im Dienstwagen hinunter und wurde am Eingang zum Palast von den einheimischen Wachposten gegrüßt. Die Ämter stellten weiterhin Papiere aus, und die Beamten warteten auf ihr Gehalt am Monatsende. Weder ging irgend jemand auf die Straße und schrie »Freiheit!«, noch wurden alte Banner des Widerstands entrollt. Es schien, als zahlte das ferne Territorium dem Mutterland das Vergessen, dem es selbst lange Jahre überlassen worden war, mit gleicher Münze heim. Zwar wußten alle, daß die Tage dieses normalen Lebens gezählt waren, doch wagte niemand, es in Frage zu stellen. Man mußte es genießen, solange es währte, womöglich bis zum letzten Heller.

Die Bewegung ging von den Hauptleuten aus, und damit stand ihresgleichen das Recht zu, sie auf das Territorium auszudehnen. Doch diese taten in den Kasernen so, als wäre alles wie gehabt, sie nahmen von den einfachen Soldaten den Gruß in strammer Haltung und von den Majoren vertrauliche Mitteilungen entgegen und warteten auf eine Anweisung oder ein Dekret aus dem Mutterland, das das Ende des Regimes offiziell besiegelte. Man vermutete, daß der Generalstab auf die Veröffentlichung der Rede wartete, die der Gouverneur am Tag seiner Rückkehr gehalten hatte, um dann mit dem Corpus delicti in der Hand seine Absetzung zu verlangen.

»Wie konnte er sich so gründlich täuschen?!« fragte mein Vater fassungslos, weil nur so kurze Zeit zwischen dem Wind der Wende und der allerletzten Rede lag, deren Inhalt durch den Beifall der Anwesenden und Abwesenden übertönt worden war. Aber er hegte weiterhin große Sorge und fragte sich, was wohl tatsächlich zwischen den Zeilen gestanden hatte. Manchmal kam ihm zu seiner Bestürzung der Verdacht, es könnte eine Abmachung zwischen den Behörden geben, so als unterzögen sie sich einem Bußritual. Er, der Gouverneur, zelebrierte den Glauben an ewiges Leben, auch wenn er wußte, daß Gott beschlossen hatte, der Mensch solle an Krebs sterben. Im Konkubinat argwöhnt die Frau immer, daß er gehen will. Nur daß er, um Regeln und Besitz aufrechtzuerhalten, sie in Abhängigkeit hält und niemals sagt, wann er gehen wird. Und wenn er dann geht, nennt er weder den Grund noch sagt er, wann er zurückkommt. Er macht einfach die Tür zu, ohne abzuschließen, und sagt, er komme wieder, auch wenn er dann ein anderer ist.

Die öffentliche Rede war eine Sache, aber die nebulösen, undurchsichtigen Kulissen eine andere. Mein Vater sagte, über Timors Schicksal werde entschieden, als wäre es so von Gott gewollt. Das Volk habe sich damit eingerichtet, in Gottes Hand zu sein. Ob in der linken oder in der rechten, das sei gleich. Was seine Ohren aufgenommen hatten, waren die hochtrabenden Worte, aber nicht die Nuance der Rede. Deshalb wahrte er eine Zeitlang Schweigen und zog sich gedankenschwer von der Familie zu den Kranken im

Sanatorium zurück. Ungeduldig wartete er auf den Abdruck der vollständigen Rede auf der ersten Seite der Zeitung *A Voz de Timor*, wo üblicherweise alle Worte und Taten der Regierenden veröffentlicht wurden. Er las wieder im dicken Wörterbuch, um die Wörter zu entziffern, die der heisere Lautsprecher von sich gegeben hatte, wie der *laku* Kaffeebohnen. Alves Aldeia erfüllte die Erwartungen nicht. Das war seine Rache, denn er wußte, daß manch einer gern seinen Posten eingenommen hätte. Noch voll in Amt und Würden, von dem alten Regime verliehen und durch die Entfernung und Ignoranz des Mutterlandes aufrechterhalten, übte er seine eigene Zensur. Damit erzürnte er alle, die auf verächtliche Worte gegenüber denen gehofft hatten, die in Lissabon die Ordnung umstürzten und auf der Straße gefeiert wurden, um anschließend mit einer Anweisung in der Hand den Palast zu stürmen und vom Gouverneur die Machtübergabe zu verlangen. Andere warteten bedrückt auf die Veröffentlichung der Rede als neuerliche Bestätigung von Werten, die sich im Laufe von Jahrhunderten verfestigt hatten und nicht jählings in Frage gestellt werden konnten. Er, der Gouverneur, hatte dazu den Löwenanteil beigetragen und durfte nicht die Verantwortung einfach abgeben, sonst hieße dies Verrat an der Geschichte. Die Zeitung verschwieg die Rede und den begeisterten Empfang. Am Ende geschah überhaupt nichts. Das Brüllen der Raubkatze war ihr Todesröcheln. Er, der letzte Gouverneur, war von der Verantwortung zurückgetreten, ererbt seit den Jahren der Gründung, von ihm wenige Jahre verwaltet, in denen es ihm gelungen war, die Sympathie der Bevölkerung und die Bündnistreue der traditionellen Chefs zu gewinnen. Umsichtig, wie er war, zerbrach er das *quello*, den Armreif, Symbol einer Allianz. Damit schloß er aus, daß er vor der Geschichte allein dastand, so wie der Schiffbrüchige von der *Arbiru*, deren Überleben er angezweifelt hatte. Ihm war ein Untergang lieber. Das galt auch für ihn selbst.

Um diese Zeit lief in Dili das Schiff *Timor* ein, auf der gleichen Route gekommen wie einst die Karavellen der Entdecker. Für die einen war dies Garantie, daß die Bewegung nichts weiter war als eine Farce oder ein Schachzug, um die Gemüter jener zu erregen, die sich überraschen ließen. Falls aber die Revolution eine vollendete Tatsache war, so fragten sich andere, was wollten dann fast vierzig Tage später diese jungen Männer hier, wenn sie den vom Seewind mit Salz überzogenen Körper und ihre trockenen, angespannten Muskeln nicht in dem warmen, feuchten Land erproben konnten? Diese jungen Leute waren eher Verbannte denn »Kreuzfahrer«. Sie führten die Erkundungen fort und landeten in Gefilden, die laut Camões die aufgehende Sonne als erstes sieht und wo das Brennholz heilsame Sandelholzwohlgerüche verbreitet, zu einem Zeitpunkt, als die Ära des Imperiums als beendet galt und die Phase der Wiederauferstehung und späteren Sterbens einer Nation einsetzte. Was sollten sie forthin in diesem Land, wenn der Auftrag, der sie dorthin geführt hatte, von denen, die sie darauf vorbereitet hatten, gestrichen worden war? Schnell verbreitete sich die

Nachricht, daß die »Lilien« – so wurden die Neuankömmlinge genannt – nicht an Land gehen wollten, da ja ihre Mission als beendet galt. Der Krieg um einen Krieg, der gar nicht angefangen hatte. Sie wollten wieder nach Hause. Als wären sie nur den Spuren der Seeungeheuer gefolgt, ihrer Vorgänger. Andere, die ihre Koffer gepackt hatten, schienen von der Rückkehr in die Heimat nicht so begeistert, wie ich es früher beobachtet hatte. Ahnten sie, welche Zukunft dem Territorium bevorstand? Welcher rätselhafte Grund ließ den Gesang der Sirene, *malae bá ona*, verstummen? Anscheinend hatte die Freiheit dem Abschied seinen Reiz genommen.

In Timor hatte niemand damit gerechnet, daß ein solches Ereignis plötzlich eintreten könnte und daß die Timoresen und ihre Elite in der Lage wären, im Fall des Falles eine so große Verantwortung zu übernehmen. Allgemein herrschte der Eindruck, das Ereignis sei eher im Interesse des Mutterlandes und der größeren Kolonien, in denen Krieg war, herbeigeführt worden. Unter Alves Aldeia hatte in Timor eine Ära begonnen, wie sie in den anderen Kolonien durch den Krieg eingesetzt hatte. Viele timoresische Studenten befanden sich zum Studium in Portugal, andere wollten ihnen folgen; dort konnten ihnen die Schulbücher nützlich sein, um das Land des Almeida Garrett zu bereisen.

Das Programm der MFA empfahl zwar die Bildung von politischen Organisationen, doch niemand wollte den ersten Schritt tun. Jeder kannte jeden, mitsamt seiner privaten Unzufriedenheit und seinen öffentlichen Wünschen. Ich wußte inoffiziell, glaubte zu wissen, was meine Landsleute dachten, für mich bildeten sie Gruppen entsprechend ihren größeren Interessen und kleinen Ambitionen. Am deutlichsten, weil mir am besten vertraut, war die kleine Gruppe von Verwaltungsangestellten und Abendschülern, die sich auf den *korem-metam*-Festen, in den Cafés und Grünanlagen trafen und, als Machowitze über hübsche Passantinnen verpackt, ihre Kommentare über den Minirock der internationalen Politik und das Negligé der heimischen abgaben. Die einen verheiratet, andere vom Zölibat verzehrt, solange die Angehimmelte sich nicht entschließen konnte, aus ihrem Palast Nu Laram herauszukommen, und wieder andere, für die das Leben eine Party war. Gemeinsam nährten sie eine ferne Hoffnung, und solange nichts geschah, schrieben sie hin und wieder für Zeitungen, machten religiöse Experimente und übten sich in kurzfristigen Provokationen. Die Phase der Hippie-Euphorie hatten sie hinter sich, lange Haare, Hosen mit weitem Schlag und Schuhe mit Absätzen waren passé. Sie schwammen im Meer der verinnerlichten Revolte. Äußerlich sehr angepaßt mit Bügelfalten und nach Kampfer und Eau de Cologne duftend. Zwar hieß der alternative Diskurs Negation, dennoch hatten einige in der Verwaltung eine aussichtsreiche Karriere vor sich, arbeiteten die vorgeschriebene Zeit, hatten eigene Familie, Kinder und wachsende Verantwortung. Sie warteten darauf, daß jene vom Himmel herabkamen, die sich mit Stipendien versehen in Lissabon befanden, herbeigesehnt als künftige Amtsleiter, doch noch im Dunst der Ferne verborgen. Die sich aber vorläufig in den Studentenbewegungen der extremen Linken engagierten und von diesen mit Flugblättern und Ideologie versorgt wurden.

Sie waren höchst unterschiedlich in ihrer Persönlichkeit. Da gab es den extrovertierten Journalisten Ramos-Horta, der schon damals auswärtige Beziehungen pflegte, indem er ausländische Gefilde erforschte, mit Hilfe wechselnder Begleiterinnen, die ihm gleich Schutzengeln in Sternennächten am Strand Areia Branca besondere Kenntnisse und Genüsse bescherten. Der andere war der introvertierte, ernste Ex-Seminarist Nicolau Lobato, ein Mann, der viel las, sich klösterlich kleidete und mit sicherer Hand und nie versiegendem Füllhalter schrieb. Von früher gewohnt, das Meßbuch und die Bibel mitzunehmen, pflegte er diese Gewohnheit auch weiterhin und trug auf seinen Wegen durch die Straßen von Dili immer ein Buch unterm Arm, vermutlich der Philosophie oder Soziologie, mit einer in sich gekehrten Miene, als hätte er in seinem Innern eine Oase gefunden und wäre dort geblieben. Er war der Sohn des Mestre Narciso aus Soibada, jenem, der mich von besserem Essen träumen ließ, wenn er auf die Jagd ging. Beide hatten das Colégio Nuno Alves Pereira besucht. Beide hatten unter Schlägen mit trockenem Maniok Portugiesisch gelernt und groben Mais zu essen bekommen. Nach der Grundschule hätte Ramos-Horta, ein barfüßiger *malae oan*, Sohn eines weißen Portugiesen, und von aufsässigem Geist, es nicht ertragen, noch einmal in einer Klosterschule eingesperrt zu sein; er ging nach Dili, auf das Lyzeum, wo er ebenfalls sein rebellisches Naturell auslebte, ein Erbe vom Vater, der wegen anti-salazaristischer Aktivitäten nach Timor verbannt worden war. Nicolau, als Sohn eines Katecheselehrers mit dem Credo im Mund und dem Rosenkranz in der Hand aufgewachsen und programmiert auf große Opfer und weltliche Entsagungen, ging ins Priesterseminar. Bis heute begreife ich nicht, wieso die Kirche ihn verschmäht hat, bei solch einem Talent und solch einer Religiosität, verglichen mit anderen, die nichts weiter taten, als die Messe zu lesen. Mit diesen beiden Polen, der eine extrem weltlich, der andere tief religiös, entwickelte sich der Keim der nationalistischen Partei, der dann von einem Journalisten in kühlen, sachlichen Worten im Gebäude der ACAIT, dem Haus des Handels, der Landwirtschaft und Industrie von Timor, präsentiert wurde. Anwesend war auch der abgesetzte Abgeordnete Manuel Carrascalão, nun endgültig davon überzeugt, daß nur die Demokratie ihm zu vollem Rederecht verhelfen würde. Er saß in einem Sessel und hörte dem Journalisten zu, der sich eindringlich bemühte, die Anwesenden zu überzeugen, und dabei den ehemaligen Abgeordneten ebenso eindringlich ansah, bis dieser sich durch derart lange Beobachtung beleidigt fühlte. Nachdem sich die Gemüter beruhigt hatten, sagte er, ohne einen einzigen freundlichen Kommentar zur Rede des Journalisten, auch er strebe die Unabhängigkeit an, allerdings in einer fernen, unendlich fernen Zukunft.

Manuel stammte aus einer zahlreichen, dank ihrer enormen Größe und Körperkraft unübersehbaren Familie. Zwar hatte der alte Carrascalão, aus politischen Gründen verbannt, in der ersten Zeit viel gelitten und war auf die Insel Ataúro deportiert worden, wobei Manuel auf der Überfahrt zur Welt kam, doch dann ließ er sich als Siedler nieder und begründete eine wohlhabende Familie. Andere Portugiesen blieben nach Beendigung des Militärdienstes da, ehelichten einheimische Frauen und wurden von der Regierung bei der Stellenvergabe privilegiert behandelt. Es gab keinen einzigen *malae*, aus historischen Zwängen Gast im Land, dem es in Timor schlecht ergangen wäre, und keiner wurde angefeindet, weil er unter besseren Bedingungen lebte als die Einheimischen. Daß sie nach dem Ende des Regimes um ihren Besitz und ihre Vergnügungen fürchteten, war logisch, denn die Untergebenen und Vergessenen forderten in der ersten Zeit eine Verbesserung ihrer Lebensbedingungen und mehr Würde. Tatsache ist, daß viele dieser Vergünstigungen vom Mutterland – nun eine Stiefmutter, die Waisen in die Welt gesetzt hatte – garantiert wurden. Auch war verständlich, daß die in Missionsschulen ausgebildeten, nach dem Vorbild der christlichen Kreuzfahrer erzogenen und später in die öffentliche Verwaltung übernommenen Timoresen nicht bereit waren, das Erreichte aufzugeben, da ihre wenn auch sehr niedrigen Gehälter den Unterhalt ihrer zahlreichen Kinder sicherstellten. Sie sagten, besser könne es noch werden, schlecht genug sei es schon, womit sie den von anderen gewünschten Anschluß des Territoriums an das indonesische Staatsgebiet ablehnten, denn in der Nachbarprovinz herrschte Not. Sie argumentierten, im Fall der Unabhängigkeit könnten sie vom Mutterland aufgrund mangelnder Präsenz und Vernachlässigung Reparationen verlangen und die Verwaltung mit einheimischen, im Mutterland ausgebildeten Kräften besetzen. So dachte auch mein Vater, weshalb er sich der UDT anschloß. Im Grunde erträumte er sich für mich einen Posten in der Verwaltung. Solche Dinge kommen einem in den Kopf, der ein Boot gebaut hat und weiter auf der vergangenen Route der Karavellen durch die Geschichte reisen will.

Sie waren vor langer Zeit aus Macau gekommen, wo sie Philosophie und Theologie studiert hatten. Sie hatten keine weiße Soutane getragen, nur die schwarze. Ihre Körper waren von Weihwasser durchtränkt und dufteten nach Weihrauch und Altarschmuck. Ihr Auftreten hatte noch immer etwas Engelhaftes, doch frei von den Fesseln der Sakramente. Sie wirkten wie kleine Vögel mit den Schwingen eines Greifs, die zu Flügen in weite Höhen befähigen. Sie waren Philosophen, Theologen, Latinisten, Hellenisten, aber in erster Linie Ex-Seminaristen. Aus dem Landesinnern, geboren und aufgewachsen in dem autochthonen Milieu, in dem das Heilige allen Verrichtungen des Alltags innewohnt, weshalb der religiöse Einfluß der Missionare auf fruchtbaren Boden fiel. Vom Anbeten von Steinen zum Anbeten von Statuen war es nur ein Schritt. Sie hatten Missionsschulen besucht, und manche hatten den eigenen Vater als Katecheselehrer gehabt. Besagte Schulmeister, geachtet als Kenner uralter Weisheiten, aber überzeugte Vermittler der portugiesischen Doktrin und Grammatik. Sie verbanden die Pfeiler des Wissens der Einheimischen mit lusitanischer Allegorie. Nach der Heimkehr aus Macau traten sie in die öffentlichen Verwaltungsdienste ein, vorzugsweise als Zöllner, wo sie als höhere Beamte galten, und legten die weiße Uniform voller *rebo-rebo*, reich verziert, an. Weshalb manche die Schultern stolz verdrehten, um ihre Abzeichen zu zeigen und andere bewundernd den Kopf. Schon als Schüler in Soibada hatte ich ihre Namen gehört, die mir so fern waren wie die Namen von Heiligen. Ich spielte mit einigen Wörtern, die mit P anfangen, in Anlehnung an einen bestimmten Seminaristen namens Pedro Paulo Pires, für mich ein portugiesischer Pförtner, der eine Passage per Postschiff nach Portugal bekam. Noch heute warte ich auf die Rückkehr des Pförtners, der in meiner Phantasie noch immer existiert.

Seinen berühmten Namen hatte ich schon gehört, ihn selbst aber nie gesehen. Ich wußte, daß er die Tochter des Mestre Fernando aus Soibada geheiratet hatte. Später sah ich ihn kurz in Dili wie schlummernd auf seinem Motorrad mit mittlerem Hubraum fahren, das er zu spätnachmittäglichen Spazierfahrten mit der Familie benutzte und bei nächtlichen Abstechern zu *korem-metam*-Festen auf Tempo brachte, in linkischer Haltung, als er ritte er ein ungesatteltes Pferd. Xavier hatte einen großen Kopf, mein Vater sagte, er sei wie ein Kochtopf, in dem das Gehirn vor Intelligenz brodelte. Er schwitzte nie. Er sonderte Intellekt ab. Wenn es besonders heiß war, dann gab er, der alte Krankenpfleger, häufig Flüche von sich und empörte sich, daß das Genie sein Talent vergeudete, wo doch so viele Leute es gebrauchen konnten. Er trug einen kleinen Schnurrbart, als wollte er dahinter sein verschlagenes Grinsen verbergen, und schmückte sein hartes Gesicht mit einem dicken Brillengestell, das die kleinen scheuen Augen einrahmte. Er schrieb besser, als er sprach. Zu ihm kamen alle, die sich ungerecht behandelt fühlten, und baten ihn, die Sache schriftlich darzulegen, wenn sie in ihren Rechten verletzt worden waren. Er war der Anwalt ohne Robe, gefürchtet wegen seiner Feder, die er wie ein *surik* handhabte. Deshalb liebten und verehrten ihn seine Landsleute. Als er in seinem Haus für jene, die das Lernen verlernt hatten und vom Lyzeum ausgeschlossen worden waren, eine Schule als Alternative zum Gymnasium gründete, in der er mit einer *lipa* bekleidet unterrichtete, mußte er angesichts der vielen Bewerbungen einen Numerus clausus einführen. Sein Schwager Osório Soares war klein und weiß wie die Mutter, vom Mestre Fernando hatte er nur das lockige Haar geerbt. Er war dank Talent und Einsatz Postenchef und benutzte sein Amt, als kämpfte er auf einem Pferd gegen Windmühlen. Wie Cervantes' Held schmückte er sich mit einem gezwirbelten Schnurrbart. Alle wußten, daß er anläßlich des Besuchs von El-Tari die pro-indonesischen Flugblätter hatte verteilen lassen, sozusagen aus Rache, weil die Kolonialherren seinen Onkel auf die Azoren verbannt hatten. Man nahm an, das sei nur eine kurzfristige

Verärgerung, schließlich war er in Soibada katholisch erzogen worden, hatte in Aitara die Sakramente empfangen, sprach korrekt Portugiesisch und war zudem noch mit einer Tochter des ehemaligen Gouverneurs Óscar Ruas verheiratet. Weil er seinen eigenen Weg nicht gehen konnte, wollte er sich seine Windmühle selbst schaffen. Denn schon bald würde er kommen. Der Ritter des Todes.

Die Brüder Lopes da Cruz spielten wegen der unerträglichen Art des Ältesten, Mestre Jaime, in meinem Alltag immer eine Nebenrolle. Sie alle waren Söhne von Mestre Humberto, einem Koloß, der kaltes Eisen mit bloßen Händen verbiegen konnte. Nach der Rückkehr aus Macau arbeitete Mariano beim Lokalsender, er sprach langsam, mit Kantoneser Akzent. Man hörte ihm an, welchen Spaß es ihm machte, wenn er bei Wunschkonzerten die Stimme hob und die heißblütigen Liebesschwüre für die verzauberte Prinzessin, die in China Rate wohnte, verlas oder die verhängnisvolle Warnung für den einsamen Kavalier, der im Viertel Santa Cruz umherzog. Am besten konnte man am Sonntagnachmittag einschlafen, wenn nicht der offizielle Reporter und Sporting-Fan Jaime Neves mit seinen Beschimpfungen, sondern Mariano in sanften Worten, als läse er Episteln vor, die Spielzüge kommentierte oder die Namen der Spieler nannte, als handelte es sich um die Heiligen aus den Litaneien. Und manchmal schickte ich einem Spielzug ein *ora pro nobis* hinterher und schlief ein. Francisco hatte vom Vater die sportliche Statur geerbt, und in Dare hatte er sich mehr als Basketballspieler hervorgetan denn als Seminarist. Er war der einzige, der den Ball ins Netz versenken konnte. Diese Fähigkeit, etwas zu versenken, hing ihm später auch noch in der Politik an. In Moçambique wurde er zum Milizoffizier, weshalb er bei der Rückkehr nach Timor als Terroristenbekämpfer galt. Als militärischer Ausbilder und offizieller Redner zum portugiesischen Tag der Rasse vertrieb er die der »Rasse« Angehörenden von der Tribüne, worauf diese seine Rede als perfekten Beitrag eines Generals mit teutonischem Monokel bezeichneten. Nach dem Militärdienst zog er die Uniform der Zöllner an und wurde zum Kollegen von Domingos Oliveira, seinem Nachbarn aus Laclubar. Dieser hatte in Auftreten und Aussehen etwas Mediterranes, ganz seinem Namen »Olivenbaum« entsprechend. In der weißen Uniform wirkte er wie ein arabischer Krieger, der auf einem Kamel reitet und in der Wüste Tee trinkt. Sein großes, rundes Gesicht erinnerte mich an das Bildnis von Abraham, der sich anschickt, auf das göttliche Geheiß hin seinen einzigen Sohn zu opfern. Er ruhte sich im Schatten seines Familiennamens aus. Niemand gab viel auf ihn, bis er eines Tages, die Statuten der UDT in der Hand, auftauchte und mit Hilfe von Anleihen bei den großen Philosophieklassikern des Mittelmeerraums die Kommuniqués der Partei schrieb. Endlich war einer der großen Denker Timors aus seiner langen Siesta erwacht. Er hatte sich für Zeiten der Nützlichkeit geschont. Ihm schloß sich Francisco Lopes da Cruz an, und unterstützt durch Paulo Pires, jenen, der in meiner Phantasie Pförtner war, bildeten sie die aus Soibada stammende UDT-Dreieinigkeit.

Xavier do Amaral wurde wegen seiner Abstammung aus einer uralten ländlichen Familie und dazu seiner westlichen Bildung zum Gesicht des Partido Nacionalista gewählt. Doch fehlte ihm die ideologische Substanz. Nicolau Lobato schloß sich ihm an und verhalf dem Führer zu Verantwortlichkeit und Scharfsinn. Ramos-Horta verschaffte ihm internationales Ansehen. Damit war die nationalistische Troika aus Soibada komplett.

Osório Soares, der weiterhin Windmühlen baute, um zum Ritter geschlagen zu werden, gründete den Partido Integracionista, für den er seine Familie und weitere Verwandte, Verbannte, lebende wie tote, rekrutierte. Mit seinem Schwager Domingos Pinto, ebenfalls aus Macau, bildete er das Tandem der APODETI.

Die Zeit verging rasend schnell, und die turbulente Strömung stürzte sich einen langen Steilhang hinunter. Alle wollten so schnell wie möglich vorankommen, schneller, als die Zeit es zuließ, um den richtigen Moment zu erwischen. Aus gegensätzlichen Gruppen wurden einander bekämpfende Organisationen. Wie war es möglich, daß sich so große Widersprüche hatten verbergen können? Wie war es möglich, daß der Baum Samoro drei so konträre Zweige hervorgebracht hatte? Anfangs strotzten die Kommuniqués der Parteien von metaphorischen, leblosen Adjektiven. Als man entdeckte, daß Wörter eine stärkere Wirkung haben konnten als ein Moskitostich – wobei man ja wußte, daß die Timoresen ungemein emotional sind –, wurden Wörterbücher und philosophische Lehrwerke mehr denn je zu Rate gezogen. Die parteipolitischen Sendungen im Rundfunk, die anfangs mehr den Charakter von Unterhaltungsprogrammen hatten, wurden zu wahren Fußballreportagen gleich denen von Jaime Neves, mitsamt den Beleidigungen von Spielern, Schiedsrichtern und Familienangehörigen. Im Rundfunk brach der Kleinkrieg aus. Die Ex-Seminaristen predigten neue Katechismen mit anderen Sündern, Kommunisten, Faschisten oder Gekauften, je nach ihrer Tendenz.

Dann landeten in Timor die Stipendiaten, die in Lissabon studierten und zu wohlverdienten Ferien nach Hause kamen. Ihre Examen hatten sie noch nicht absolviert, aber sie brachten Erfahrung in der Verbandsarbeit mit, erprobt in den Mensen und studentischen Vereinigungen. Das war die neue Mode, und sie brachten mit, was gerade en vogue war. Sie traten nicht wie Beamte auf, sie kultivierten das nachlässige Äußere von Revolutionären. Abgereist aus Timor waren sie in Anzug und Krawatte, zurück kamen sie fast barfuß, weshalb ein alter Katecheselehrer klagte, all seine Bemühungen seien vergeblich gewesen, statt auf die Universität zu gehen, hätten die Studenten lieber in Timor bleiben und auf den Reisfeldern von Natar Boro arbeiten sollen. Mein Vater legte mir nahe, auf eine solche Heimkehr zu verzichten, denn er würde mir einen Empfang bereiten wie früher zur Verwünschung eines undankbaren Sohnes.

Venâncio kam zu den wohlverdienten politischen Ferien nach Hause. Irgend jemand hatte mir erzählt, das portugiesische Évora sei eine alte, von den Römern gegründete, katholische Stadt, wo sich das Seminar befinde, das die timoresischen Seminaristen aufnahm, seit der Weg nach Macau verschlossen war. Fortan nahm Évora auch die timoresischen Studenten auf, die sich nach Beendigung der zweiten Gymnasialstufe für eine Ausbildung an der Landwirtschaftsschule entschieden. Diesen Ort hatte das Schicksal für Venâncio bestimmt, ob mit oder ohne Ornat. Er kehrte aus dem Mutterland verändert zurück. Sein gebeugter Körper hatte sich aufgerichtet, das sanfte Gesicht war hart geworden dank seiner festen neuen Überzeugung, die mich wie eine neue Religion anmutete. Daran gewöhnt, Doktrinen zu übernehmen, wandte er sich der neuen so entschieden zu, wie er die alte ablehnte. Er war nicht mehr der Platoniker, der die Taufanwärter mit dem Argument, es gebe ein Paradies im Jenseits, zur Entsagung zu überreden suchte, sondern ein harter Militanter, der die Einsicht aufzwingen wollte, daß es ein Paradies auf Erden gebe, in anderen Breitengraden erfolgreich erprobt, mit einer anderen Nomenklatur und für alle Abgewiesenen zugänglich. Für ihn ging es dabei nicht um Eigenliebe, sondern um die Liebe zum Volk, zuvor als Nächstenliebe verstanden. Vielleicht die gleiche Fahne, die er früher schwenkte, wenn er als Seminarist mit dem Glöckchen in der Hand Pater Júlio Aço durch die Randbezirke von Dili begleitete, um den Sterbenden die letzte Ölung zu erteilen. Sein Glück hatte er noch immer nicht gefunden, stellte ich für mich fest.

Felicidade war für meinen Schulkameraden Victor Gândara entflammt, den ich für den idealen Priester gehalten hatte. Sie machte ihrem Namen alle Ehre, als Venâncio zurückkehrte. Nie zuvor hatte die Regierung so viele Stipendien gewährt wie in diesem Jahr. Sie verschwendete, was sie während vieler Jahre gespart hatte. Timor hielt sich strikt an die Politik der Sparsamkeit. Felicidade reiste zum Medizinstudium nach Lissabon, im selben Flugzeug wie ich und andere, die ein Stipendium erhalten hatten. Eine von der Swissair gecharterte Maschine, um die portugiesischen Militärs abzuholen, die, der langen, mühseligen Seereisen überdrüssig, schnell nach Hause kommen wollten. Denn das mit dem Meer, das war eine altmodische Sache, passend zu den verrückten Seefahrern, die sich auf den Ozean hinausbegeben hatten, auf der Suche nach anderen Ländern und Völkern, vielleicht auch nach sich selbst. Beim Abschied sah ich die zufriedenen Gesichter meiner Verwandten, als hätten sie ein Paket zu einem fernen, sicheren Ort auf den Weg gebracht. Dann, als sie mir den Rücken zuwandten, umarmten sie sich und weinten in Erwartung der Ereignisse, von denen sie mich ausgeschlossen hatten.

Ich hatte schon Fotos und Berichte über die weiße, sonnenüberflutete Stadt voller Tauben und roter Dächer gesehen. Ich erwartete Menschenmengen, die sich in den Straßen drängten und sie mit Blumen und Farben füllten. Der Sonntag, an dem wir auf dem Flughafen landeten, war regnerisch, kalt und neblig. Ein spätherbstlicher Oktobertag. Die Avenidas waren leer, nur hier und da ein paar schwarzgekleidete Menschen. Da mußte ich an Amália denken, und ich legte mich schlafen, am nächsten Morgen wollte ich mich auf den Weg zu dem Fluß machen, in dem das Volk allen Schmerz und alles Leid abspülte, das von draußen in der Stimme eines anderen, des Sängers Adriano Correia de Oliveira, zu mir drang:

»*Tejo, que levas as águas* … Tejo, der du das Wasser fortträgst …«

## 8.

Nach und nach fand ich mich mit dem Gedanken ab, daß der Flugplatz meiner Kindheit eigentlich ein Gestrüppfeld war. Das heißt, eher ein Vielzweckgelände als ein Flugplatz. Die Flugzeuge waren Metallvögel, die nur gelegentlich landeten und die Heuschrecken, Tauben und Ziegen aufschreckten. Und wenn so ein Vogel landete, war er ein von Propellern angetriebenes Ungeheuer, machte schrecklichen Lärm, verbrannte das Gras und transportierte nur Amtspersonen. Die Motoren kamen zuerst, mit solch einem Krach, daß es fast das Dach von der Schule hob und die Matte auf dem gestampften Erdboden wie ein fliegender Teppich flatterte. Wenn die Flügel des Flugzeugs in der grellen Sonne wie ein funkelnder Vogel über dem Meer glänzten, lief ich hinaus zum Flugfeld. Dann stiegen zivile, militärische und kirchliche Amtspersonen aus, als kämen sie direkt vom Himmel herab. Und ich versuchte zu erkennen, welches Gesicht Gott am ähnlichsten sah.

Ich war mehrfach zum Lissabonner Flughafen gefahren, um Verwandte abzuholen, die vor dem Bürgerkrieg nach Australien geflohen waren, wie in ein Zwischenlager, das dann eine für den eigenen Konsum nicht benötigte Fracht an den Absender zurückschickte. Jene, auf die ich vertraut hatte, die Reiter der Apokalypse, von klerikalen Aufgaben ausgeschlossen und zu aktiven Laienarbeitern geworden, hatten letztlich den zwischen den Bruderparteien ausgebrochenen blutigen Streit nicht zu verhindern vermocht. Ruhmlos war das Pilgern von einem Heiligtum zum anderen. Das Lied der Waffen und die Härte der Bajonette hatten die Worte zum Schweigen gebracht. Brudermord als Schicksal und biblische Ergebenheit in das Verhängnis wie in den Geschichten der Antike.

Die Mehrzahl derer, die nun eintrafen, waren Verwaltungsangestellte. Sie kamen die Beerdigungsbeihilfe kassieren. Am Ende der Ära des Imperiums hatten sie Anspruch auf unbezahlten Urlaub gehabt. Verbannt an einen Ort, wo manche noch nie gewesen waren. Doch ich fand keinen nahen Verwandten, an dessen Schulter ich mich hätte ausweinen können in meiner Trauer über den Tod und das Unglück derer, die als Überlebende endgültig ihrem Schicksal überlassen waren. Auf beiden Seiten der Grenze. Später erfuhr ich, daß mein alter Krankenpfleger von der FRETILIN ins Gefängnis gesperrt worden war. Seine Schuld bestand darin, daß er Mitglied der UDT war. In Abwesenheit jener, die über die Grenze gegangen waren, wohin man ihn einstmals geschickt hatte, Leben zu retten, bezahlte er für sich, für die anderen und für niemanden. Das ist das Los der Glücklosen.

Schlimmer erging es anderen. Sie starben einen blutigen Tod durch die Hand eines Bruders, so wie Abel.

Ich holte sie nicht vom Flughafen ab. Sie kamen von der falschen Seite der Grenze, bar aller Träume. Indonesien gab die Waisen an die Stiefmutter zurück, nachdem es mit ihnen im Namen der Söhne den Tod der Erzeugerin herbeigeführt hatte, die von der FRETILIN zur Mutter Mater erklärt worden war. Traurig das Los dessen, der ein Reich nach dem Bildnis und Ebenbild eines anderen errichten will, das nicht mehr existiert, und dem es auch nicht behagt, wenn er den Umständen auf Gedeih und Verderb ausgeliefert ist. Anfangs galten sie, im Hinblick auf die aus Afrika kommenden Scharen, ebenfalls als Heimkehrer. Die Heimkehrer aus Timor. Dann überwog die Entwurzelung. Aber angesichts des Dramas derer, die damals in Timor in den Bergen starben, wurden sie nach und nach von denselben wieder eingesetzt, die sie als durch die Invasion Vertriebene abgewiesen hatten, um ihre eigene Schuld zu beweinen. Die geflohene politische Elite wahrte, nachdem sie ihren Teil der Schuld am fatalen Ende jener abgeschüttelt hatte, die dort geblieben waren, sehr große Vorbehalte gegenüber den Stipendiaten, denn sie betrachteten diese Studenten als Rotgardisten, die ihnen sowohl die Vergangenheit als auch die Gegenwart rauben wollten. Aber sie gaben zu, daß vorläufig die Maubere am besten das Terrain verteidigten, eingedenk der kontinuierlichen Rücksendung von indonesischen Leichen in Hubschraubern aus dem besetzten Gebiet, die sie stillschweigend zählten. Was die Zukunft betraf, hofften sie, mit der Zeit und nach getaner Abbuße und Sühne würden die Menschen sich mit der wahren Natur von Volk und Land versöhnen.

Ehrlich gesagt, hatte ich Angst, mich dem Vale do Jamor zu nähern. Sie hatten den roten Tod gesehen, unter gewaltsamen wie natürlichen Umständen. Der gesunde Menschenverstand sagte mir, daß die verletzte Bestie ihre Wunden heilt, indem sie ihre Krallen schärft. Ich fürchtete um mein Leben.

Ich wohnte in einem Studentenhaus im Lissabonner Stadtteil Lapa. Ein aristokratischer Ort, der ein Nest von künftigen Managern beherbergte, die damals nach dem marxistischen Lehrbuch studierten. Junge Leute aus den verschiedenen Teilen der portugiesischen Provinz, den autonomen Gebieten und den neuen afrikanischen, portugiesischsprachigen Staaten. Eine Mischung, die mir wie Gespenster aus meinen Schulbüchern vorkam. Alle kannten die Heimat der anderen, ohne je dort gewesen zu sein. Wir kannten einander aufgrund unserer Vergangenheit. Sie bedauerten mein Schicksal, doch ich hegte die stille Hoffnung, eines Tages würde mich ein Zauber berühren, so wie die leuchtenden Augen der Arbeiter, die in der Kneipe, wo ich meine Suppe aß, ihr Glas Rotwein bestellten und das Kreuz auf den Totoschein malten. Ich hatte mir das versprochene Paradies meiner Kindheit wieder zurückgeholt, und es war von Tag zu Tag in meiner Brust so stark gewachsen, daß ich dorthin ins Exil gegangen war. Ich hatte auf die andere Seite des Flusses übersetzen und die Stadt jeden Morgen und in der Abenddämmerung betrachten wollen. Aber dafür war noch nicht der richtige Zeitpunkt gekommen, und wenn Venâncio vom Charon sprach, sagte er, das sei das Letzte, was man tun solle. Allenfalls bei Liebeskummer. Ich lehnte ab, wenn Freunde mich zu fröhlichen Festen einluden, volkstümlichen oder kirchlichen, zur Olivenernte oder dem Schlachten von einem Schwein, solange ich nicht die Offenbarung erlebt hatte, die meiner Meinung nach jeden Augenblick an der nächsten Straßenecke geschehen mußte. Doch da die Zeit verging und nichts geschah, beschloß ich, der Erscheinung entgegenzugehen. Ich nahm den Morgenzug zu dem verheißenen Ort, den man mir als Mittelpunkt der Welt beschrieben hatte. Dort begegneten sich alle Züge der Welt, Menschen verschiedener Rassen, aus dem Norden wie dem Süden, Christen wie Mohammedaner. Ich war davon überzeugt, daß nur die Wirklichkeit meinen im Laufe der Zeit und meiner Wanderschaft durch die Missionsschulen aufgestauten Phantasien konkrete Gestalt verleihen konnte. Ich schloß die Augen, damit mich weder die Umgebung rings um den Nabel der Welt noch das Omen der ziehenden Singvögel ablenken konnten. Ich wollte mich überraschen lassen. Als der Zug hielt und aus den Lautsprechern der Hinweis auf Endstation und Umsteigen kam, öffnete ich die Augen. Es war eine leere Bahnstation mit langgestreckter, heißer Metallkonstruktion, die meinen Zug verbrannte, der wie eine tote Boa auf den Gleisen schlummerte. Ich fragte, wo die anderen Züge und die vielen Menschen seien, die dort doch eigentlich schreien, weinen, sich umarmen, umbringen und sterben mußten. Als wäre dies der Ort, an dem die Menschen alles herausließen, zu dem sie fähig waren. Gutes wie Böses. Im Namen Gottes und aller Symbole. Aber dies war wie eine Wüste, ein schweigender, verlassener Ort, wo die Überreste des Imperiums landeten. Und da mir niemand antwortete, ging ich zum Stationsvorsteher und erkundigte mich, wo ich sei.

»Entroncamento«, antwortete er, ohne mich anzusehen.

»Entroncamento?« fragte ich nach, weil ich meinen Augen nicht trauen wollte.

Angesichts meiner Verblüffung, womöglich gar Enttäuschung und als hätte er erraten, was mich dahin geführt hatte, lachte er spöttisch:

»Was haben Sie denn erwartet? Wenn Sie Wunderdinge suchen, dann müssen Sie nach Fátima fahren. Da, ja da geschehen Wunder!«

Doch da ich nicht weiterging, so daß er mich für einen jener Neugierigen halten mußte, die nach Ungewöhnlichem suchen, wollte er sich mit einer Frage nach meiner Herkunft von mir verabschieden:

»He, Sie! Wo kommen Sie her?«

»Aus Timor«, antwortete ich.

»Aha! Hier kommen viele aus Ihrem Land vorbei! Jetzt, wo da alles anders ist, suchen sie hier den Segen. Aber dann täuschen sie sich im Altar. Ich war nie in Afrika. Ein Vetter von mir, der ist dahin gegangen«, er machte eine Pause und suchte nach dem Namen des Ortes, und er schwieg so lange, als legte er noch einmal die Route der Karavellen zurück. Schließlich öffnete er die Augen, ließ den Blick in alle Richtungen schweifen, als wollte er den Nebel der Zeit durchdringen, und sagte: »Nach Angola oder nach Moçambique, das weiß ich nicht genau. Ist auch egal!« Er zuckte die Achseln. »Und jetzt ist er ohne einen Heller zurückgekommen!« schloß er fatalistisch.

Dann bedauerte er stumm, daß sein Vetter alles in Afrika verloren hatte. Ich dachte schweigend an meinen irgendwo in Timor gebliebenen Wunderglauben. Ich kaufte die Rückfahrkarte, endgültig entschlossen, mich in Flußnähe einzuquartieren. Und dort auf den richtigen Augenblick für die Überfahrt zu warten.

Immer wenn die Wirklichkeit mir eine Illusion nahm, schuf ich mir eine neue, wie Perlen des Rosenkranzes. Ich ging um die Zeit am Fluß spazieren, wenn die Stadt sich leerte, vor allem, wenn es regnete und auf dem Platz keine Fußgänger unterwegs waren. Ich beobachtete, wie die Leute, aus den Büros kommend, den Heimweg antraten, wo die häuslichen Pflichten auf sie warteten. Ich war zwar von dieser Normalität befreit, wartete aber darauf. Krieg, Heldentum und Verrat waren letzten Endes extreme Formen des Handelns im Streben nach dieser Normalität. An der Schwelle bleiben konnte nur Wahnsinn bedeuten. Ich setzte mich an den Kai mit den Säulen, dorthin, wo in meiner Vorstellung das Paar Aale gelandet war, das auf der Route der Karavellen dem Sandelholzduft gefolgt war. Ich träumte davon, daß sie eines Tages den Kopf heben und sich meinen Händen nähern würden, in der Hoffnung, ich würde sie mit Eiern füttern, so wie mein Großvater. Ich hatte immer Eier in der Tasche, damit ich sie im geeigneten Moment benutzen konnte. Die Lichter am Kai schienen auf das Wasser und reflektierten das Leuchten, das in meiner Vorstellung die Augen meiner Flußgeschöpfe waren. Die Schiffe fuhren schnell vorbei, an Bord schlafende Pendler, wie Darsteller in einem Film über müde Liebespaare und erschöpfte Tänzerinnen.

Jemand faßte mir von hinten auf die Schulter. Ich drehte mich nicht um, weil ich dachte, es sei wieder einer, der mich um Zigaretten anbetteln wollte. So viele Leute kamen hier vorbei, aber ausgerechnet mich suchten sie sich aus. Mein Rücken war nicht gerade von Nikotin gebeugt. Die letzte Schachtel hatte ich übrigens dem Kerl gegeben, so mußte ich in der Dunkelheit nicht mehr wie ein Glühwürmchen leuchten. Er hatte es nötiger als ich. Ein neuer Stern am Firmament oder einfach eine wandelnde Ampel, die in der verrückten Hetze, inszeniert in der verheerenden Wut des Alltags auf der Suche nach nichts, Haltestellen anzeigte. Doch dieses Mal lagen die Hände schwer auf meiner Schulter, sie lagen schwer und rochen nach Feuchtigkeit und dem Tabak aus Balibó. Ich drehte mich um. Es waren Augen ähnlich wie die der Aale, die in meiner Vorstellung im Flußschlamm lebten. Ich erschrak. Sekundenlang dachte ich, sie hätten sich in diese Gestalt verwandelt.

»Ich heiße Domingos!« raunte er mir zu. »Und das ist Mali Mau!« Er wies mit dem Blick auf seinen Begleiter. »Wir kommen gerade von der Gefängnisinsel Trafaria, da arbeiten wir auf dem Bau, und jetzt wollen wir nach Odivelas. Komm, wir gehen da drüben ins Café.«

Er nahm mich am rechten Arm und zog mich durch die Menge, die zum Kai hin strömte, wo der Rauch, den der

Kastanienverkäufer verbreitete, das Boot einhüllte und die Menschen verschwinden ließ, als hätten sie sich in den Fluß gestürzt.

Wir setzten uns ins Café und warteten, daß jemand uns bediente. Domingos war kräftig und ziemlich klein, mit einem runden, permanent lächelnden Gesicht. Er gehörte zu den Menschen, die ihre Tränen hinter einem Lächeln verbergen. Mali Mau, hager und gerade wie eine trockene Maniokwurzel, sah mich mit wachem, distanziertem Blick an. Sie warteten fraglos darauf, daß ich mich vorstellte. Aber ich blieb stumm. Domingos stand auf und ging zum Kellner, der nicht die geringste Lust zeigte, zu uns zu kommen. Er legte ihm die rechte Hand auf die Schulter, um die wilde Bestie zu besänftigen. Der Kellner blickte auf sein weißes Hemd, klopfte es mit beiden Händen ab und fragte:

»Sie möchten?«

»Tee!« sagte Domingos fast flehentlich.

»Tee?!« wiederholte der Kellner verblüfft mit einem Blick zum Nachbartisch, an dem dick gepuderte Damen in Pelzmänteln saßen, ihr Lippenstift hinterließ am Tassenrand Spuren.

»Tee?!« fragte er noch einmal und musterte Domingos von oben bis unten.

Domingos griff nach der Kanne und verteilte den Tee auf die drei Tassen. Er goß so vorsichtig ein, daß kein einziger Tropfen auf das Tablett fiel, während die pelzbehängten Damen staunend zusahen. Als hätten wir unser Leben lang am frühen Abend Tee getrunken.

»Wir wohnen in Odivelas. Ist nicht weit von hier …«

»Ich weiß …«, beruhigte ich ihn.

In Timor war alles nah. Die Zeit zählte nicht, und die Entfernungen wurden schlicht durch Worte verkürzt.

»Wo wohnst du?« fragte er, sehr bemüht, seine Neugier zu verbergen, die ihm im Gesicht stand. Vor Anstrengung verzog er das Gesicht zu einer blumenförmigen Grimasse.

Ich war entlarvt. Die Kälte, die Zeit und der Breitengrad, hatte ich geglaubt, hätten mein Gesicht und meine Gebärden verändert, so wie damals bei den Verwaltungsangestellten, die vom Urlaub im Mutterland immer mit neuem Akzent und neuen Angewohnheiten zurückkamen. Ich war hocherfreut, daß ich trotz meiner den Black Panters nachgemachten Afrofrisur als Sohn von Calades zu erkennen war.

»In Lissabon«, antwortete ich.

Domingos lächelte. Er verstand, daß ich zögerte, den Panzer des Geheimnisvollen, mit dem ich mich umgab, sofort abzulegen. Wir tranken schweigend unseren Tee, strichen über die heißen Tassen und ließen die Gedanken schweifen. Jeder von uns versenkte sich in die Vergangenheit, um die Gegenwart der anderen aufzudecken.

Zur Rechtfertigung ihres Images als Bewegung der Befreiung und Erneuerung der uralten Werte hatte die FRETILIN ein von seinen kolonialen und christlichen Makeln bereinigtes und auf seinen ursprünglichen Charakter als Bezeichnung der einheimischen Heiden zurückgeführtes Symbol auf ihr Banner geschrieben, das fortan den neuen

Menschen darstellen sollte: den Maubere. Die UDT vertrat die Ansicht, das Volk mit diesem Ausdruck in Verbindung zu bringen, bedeute, ihm seine Würde zu nehmen, und es sei nicht gerecht, einen Begriff als Symbol zu verwenden, den sie selbst als verächtliche Bezeichnung für Leute ohne Bildung benutzte. Das sei so, als hätte man sich Rousseaus Theorie vom guten Wilden angeeignet und aus einer alten Kaste einen neuen Menschen geschaffen. Aber alle wußten, daß dieser Begriff, von den verfeindeten politischen Gruppen zum Mythos erhoben oder als Beleidigung verstanden, eine Vergangenheit und eine Gestalt hatte. Domingos und Mali Mau verkörperten diesen Maubere – von den Wohltaten der portugiesischen Kolonialherrschaft ausgeschlossen, ein altes Gesicht und ein Körper wie ein Kind, barfuß und Analphabet. Dieser Maubere hatte niemals die Chance gehabt, etwas zu lernen, hatte keine Schulbücher gelesen, wußte nicht, wo Portugal lag, sprach kein Portugiesisch, ein großer Teil war trotz der enormen Bemühungen der Missionare nicht getauft und pflegte noch die heidnischen Kulte. Ich fragte mich, warum sie nach Portugal gekommen waren. Ob sie nicht vielleicht doch die falsche Entscheidung getroffen hatten und was sie in diesem Land machen wollten, ohne jede vorherige Kenntnis der Dinge und Orte. Ich stellte fest, daß sie Jeans, Markenjacken und Lederschuhe trugen. Also ganz modisch gekleidet waren. Eine Mischung aus Maubere und Popsänger.

»Domingos, und wie weiter?« fragte ich.

»Nur Domingos!« antwortete er laut und energisch.

»Den Namen hat mir mein Chef gegeben.« Er trank einen Schluck Tee und dachte nach. »Aber ich wollte mich taufen lassen, damit ich auch einen Familiennamen bekomme. Vielleicht Sávio, so wie der Heilige. Aber der Krieg hat mir die Taufe vermasselt, und jetzt will ich keinen Familiennamen mehr.«

»Dein Chef?!«

»Ja, der Chinese aus Bobonaro!«

Er sah mich an und erwartete, daß ich mit einem »Ach so!« bestätigte, seinen Chef zu kennen. Da ich aber nichts sagte, sprach er weiter:

»Ich war Laufbursche, *matroz*. Mußte auf die Kinder vom Chinesen aufpassen. Ich machte ihnen den Hintern sauber, und zu essen gab's *chau-mim*. Später half ich dem Fahrer vom Laster. Ich schob die Keile unter und drehte die Kurbel.« Seine Hand machte eine entsprechende Bewegung. »Auf meiner ersten Fahrt nach Dili als Gehilfe vom Fahrer gerieten wir in die Schießerei zwischen den *malaes*, die nach Atambua flüchteten, und den Maubere-Soldaten, die sie mit geballter Faust und dem Finger am Abzug verfolgten. Mein Chef drehte um und hielt erst an, als wir die Grenze erreichten. Dann bin ich nach Atambua geflohen. Und als sie die anderen rausholten, mußten sie uns auch mitnehmen.«

»Die anderen?!«

»Ja! *Malaes*, Beamte und ihre Familien, jetzt wohnen die in Vale do Jamor.«

Mali Mau schwieg noch immer, beobachtete mich aber

aufmerksam. Als wir unseren Tee ausgetrunken hatten, prasselte Regen immer wütender auf die Stadt. Der Kellner rückte die Tische und Stühle zurecht, dann stellte er sich mit einem Eimer voller Putzwasser und dem Besen in der Hand neben uns, um uns rauszuwerfen. Er wippte mit den Füßen auf dem Boden, so daß es aus dem Eimer spritzte. Als wollte er sagen: Entweder ihr geht jetzt, oder ich kippe den Eimer über euch aus. Domingos bezahlte den Tee, nahm mich am Arm und zog mich zur Bushaltestelle mit.

»Wir fahren nach Odivelas.« Es klang wie ein Befehl.

Bevor ich antworten konnte, saß ich im ersten Bus, der an der Haltestelle vorgefahren war. Mit einem Ziel, das der Regen bestimmte. Während der Fahrt durch die Stadt drückten sie ihre ruhigen Gesichter an die von Regentropfen bespritzten Scheiben, ihre glänzenden Augen suchten draußen nach Anhaltspunkten, um die Strecke zu erkennen. Nach und nach erhoben sich die Fahrgäste von ihren Plätzen und stiegen an den Haltestellen aus, und von der Kälte, die durch die Türen hereinkam, sträubten sich mir die Körperhaare, als wäre ein unsichtbares Wesen durchs Fenster eingedrungen und hätte sich auf die leeren Plätze gesetzt. Als wir nur noch uns drei, den Fahrer und die leere Gegend draußen sahen, stand zum ersten Mal Verwirrung in ihrem Blick.

»Endstation«, sagte der Fahrer und schaltete die Scheinwerfer aus. »Steigen Sie bitte aus.«

Vor uns lag Ödland, wir befanden uns in der Gegend vom Flughafen. Wir hatten, um dem Regen zu entkommen, den erstbesten Bus genommen, ohne zu wissen, wohin er uns brachte. Wie von einem übernatürlichen Geist getrieben, der uns einen Streich spielen wollte, waren wir an einem unbekannten Ort gelandet, und als wäre der Busfahrer ein Gespenst, das in der Stoßzeit die Verkehrs- und Wetterbedingungen ausgenutzt und den Platz des richtigen Fahrers eingenommen hatte.

»Hier ist nicht Odivelas!« murmelte Domingos.

»*Rain-fila*!« sagte Mali Mau und blickte erst auf das Ödland, dann suchte er am Firmament nach einem Stern, an dem er sich orientieren konnte. Und ohne ein Wort zu sagen, zog er die Schuhe aus, dann seine Kleider, und dann stand er vollkommen nackt da. Anschließend zog er alles wieder an, nur verkehrt herum, so wie die Natur. Das war eine Möglichkeit, den Rückweg zu finden.

Domingos sah, daß er die Augen verdrehte, und hielt ihn mit aller Macht am Arm fest, bevor ihn ein heimatlicher Instinkt überkam und er sich, einem Luftzug oder einer nur kurz sichtbaren Sternschnuppe folgend, in irgendeine Richtung aufmachte. Ich ging zum Busfahrer, der die Szene neugierig durch die Windschutzscheibe beobachtet und sich für alle Fälle mit einem Stock bewaffnet hatte. Ich erklärte ihm die Situation und erkundigte mich nach dem Rückweg. Wir stiegen wieder in den Bus, und als Mali Mau, nun umgedreht Mau Mali, seine Monatskarte zeigte, sah der Fahrer den verwirrten Passagier einen Moment sprachlos an. Um seine Mundwinkel lag ein Lächeln, als wollte er nach einem Fahrausweis mit umgekehrtem Foto verlangen.

»Diese Typen machen immer alles verkehrt!« Lauthals lachend schwenkte er den Stock. »Deshalb sind sie so dunkel wie die Nacht!«

Mali Mau hielt sich am Geländer fest, um nicht mit dem Kopf an die Stufen zu stoßen, als wir in den fünften Stock eines Hauses hinaufstiegen, durch das die brasilianischen Töne der Fernseh-Novela *Gabriela wie Zimt und Nelken* schallten. In dem Gebäude waren Heimkehrer aus den Kolonien untergebracht, die noch keine Wohnung hatten und die einstmals den hochtrabenden Reden der Überseemächtigen Farbigkeit verliehen hatten. Die Tür stand offen, es war ein winziger Raum mit vier schmalen Etagenbetten, in denen, unbeeindruckt von den Reizen der Sônia Braga auf den Filmplakaten an der Wand, sechs Mannsbilder mit offenem Mund schliefen. Sie lagen unter dicken Decken, die Brust, Bauch und Unterleib bedeckten, nur ihre harten, vollen Gesichter mit fleischigen Lippen, kräftigen Zähnen und den für Calades typischen abgeflachten Nasen waren zu sehen. Sie hatten ihre großen Füße eingezogen, aber man sah die dicken Zehen, gespreizt wie ein Bananenbüschel, und als deutliche Druckspuren von den Arbeitsschuhen dicke Schwielen. Ich vermutete gleich, daß sie aus den Bergen stammten, wo Maniok, Kaffee und Mais angebaut wird, und daß ihnen jählings ein *rain-fila* widerfahren war und sie an einem Ort gelandet waren, von dem sie nicht im Traum ahnten, wo er lag. Mali Mau warf sich sofort oben auf das freie Etagenbett, ohne sich die Mühe zu machen, seine zum Auffinden des Weges umgedrehte

Kleidung wieder zu ordnen. Vielleicht glaubte er, er habe den richtigen Weg noch immer nicht gefunden und nur der Schlaf könne ihn ihm zeigen. Er legte sich mit so roten Augen ins Bett, als hätte man ihn aus einem salzigen Fluß gefischt. Ich habe ihn nie gefragt, was er in dieser Nacht geträumt hat. Aber so, wie er im Bett wühlte und keuchte, wirkte er wie ein Wildschwein, das in eine von Jägern gebaute Fallgrube geraten war. Domingos ergriff seine Decke und breitete sie wie eine Schlafmatte auf dem Fußboden aus. Er bot mir sein Bett an mit der grünen Militärmatratze, nachgedunkelt von der Zeit und den Körpern, die darauf gelegen und ihre Spuren hinterlassen hatten, so wie auch eine Zigarettenkippe, die in eine grüne Weide einen regelrechten Krater gebrannt hatte. Er meinte, mein Körper würde den Zementboden deutlicher spüren. Aber so, wie er sich parallel zu meinem Bett hinlegte, wirkte er wie ein Wächter. Domingos und Mali Mau waren auf dem Heimweg von der Arbeit zufällig auf mich gestoßen, wie auf einen von seiner Herde abgekommenen Büffel, und wollten vielleicht versuchen, den Besitzer ausfindig zu machen. Doch vorläufig fühlten sie sich verpflichtet, auf ihn, das heißt mich, aufzupassen. Ich konnte wegen des Geruchs der verschwitzten Schuhe und des lautstarken Konzerts ihrer Atemzüge nicht schlafen. Man hätte meinen können, sie bestiegen Berge oder grüben tief in ihrer Erinnerung. Ich machte mir Sorgen wegen ihrer Zukunft. Was sollten sie in diesem Land, als wären sie aus der Wirklichkeit auf die Seiten einer von Pigafeta verfaßten Chronik über Sklaven geraten, die man auf den Karavellen mitgebracht hatte. Ich wollte mich in der Nacht davonmachen, aber vor Kälte und Angst und weil um diese Zeit kein Bus fuhr, blieb ich mit offenen Augen liegen und horchte auf die Neuigkeiten und Scheußlichkeiten, die sie im Traum von sich gaben. Ich hoffte, frühmorgens, wenn die Sonne auf sie schien, einen Schützling meines Vaters zu erkennen, der mir vielleicht etwas über das Glück oder Unglück meines alten Krankenpflegers berichten konnte. Als ich aufwachte, befand sich niemand mehr im Raum. Nur die Wärme abwesender Körper. Die Decken auf den Betten rochen nach Schweiß, Feuchtigkeit und *laku*. Sie waren frühmorgens vor Sonnenaufgang aufgebrochen, und die Decke, auf der Domingos geschlafen hatte, lag neben mir. Hatten sie womöglich vor mir gestanden und versucht herauszufinden, wer ich war? Sie gehörten zu denen, die in Timor vor dem ersten Hahnenschrei aufstehen. Seit jeher Frühaufsteher. Ich tastete in meinen Hosentaschen nach den heiligen Eiern, die für die im Schlick des Tejo schlafenden Aale bestimmt waren. Mein Magen krampfte sich vor Hunger zusammen, und ich wollte eine Todsünde begehen und eine den Göttern bestimmte Gabe zweckentfremden. Mir würde bestimmt nichts Schlimmes passieren, zumal ich schon früher als Meßdiener Hostienreste verspeist hatte. Doch ich mußte die Hände sofort zurückziehen, die Finger klebten von Eiweiß. Meine Hosentaschen waren voller Rührei, es hatte sich bis zu meinem Bauch ausgebreitet. So konnte ich nicht hinausgehen. Meine

Rettung war eine neue Hose, eine Markenhose, die, wie ich später erfuhr, Nai Buti gehörte. Wie in einem Hühnerstall regten sich im Haus die ersten Lebenszeichen. Gesichter aus paradiesischen Gegenden der Welt blickten aus dem Fenster, vielleicht hielten sie Ausschau nach der Sonne, der Wärme und den Stränden, die einstmals die Schulbücher schmückten, mit einem Papier, das fast genauso braun war wie die Haut der Sommerfrischler.

Ich habe sie nie wiedergesehen. Der Preis für ihre Kleidung, Schuhe, Zigaretten und Liebschaften war das Aufstehen in aller Frühe. Sie erwarteten von niemandem Almosen oder Mitleid. Denn solche Gefühle und Geschenke galten anderen als diesem vom Wind verwehten Haufen.

## 9.

Endlich entschloß ich mich zu einem Besuch in Vale do Jamor. Auf Einladung von einem Kollegen meines alten Krankenpflegers. Es war Weihnachten, und um diese Zeit hegt niemand Ressentiments. Später sieht man weiter. Wir sprachen weder über Politik noch über Verwandte, die dageblieben waren. Ein stillschweigendes Abkommen, das Gesicht zum Fernseher und in der Hand ein Bier. Hin und wieder murmelten wir ein paar kaum verständliche Worte, und mein Gastgeber äußerte die Hoffnung, dies sei wirklich das letzte Weihnachten, wie er es aus der Bibel kannte. Kalt und armselig. Er sehnte sich nach einem anderen, wärmeren, weiter südlich, in der Nähe von Timor. Im begehrenswerten, erträumten Australien. Dazu mußte ihm nur ein nicht vollends gleichgültiger Verwandter eine Einladung schicken.

Das Vale do Jamor war ziemlich lieblos, es roch nach dem Fluß und dem Matsch rund um die Zelte, die das Rote Kreuz gespendet hatte. Der größte Teil ihrer Bewohner waren Verwaltungsangestellte, Sympathisanten der UDT. Sie warteten darauf, ihre Papiere in Ordnung zu bringen, auf eine Wiedereingliederung in die Verwaltung oder auf den vorzeitigen Ruhestand, um noch schneller den Känguruhsprung nach Australien machen zu können. Die Qual des Aufenthalts wurde durch die Hoffnung auf das Eldorado unter dem Kreuz des Südens überlagert. Nach einer ersten Eingewöhnungsphase wurden einige tatsächlich von den Behörden übernommen und zogen weg aus dem Tal der Tränen, die sie dann in anderen Stadtteilen trockneten. Andere, die keine Chance hatten, blieben und nahmen wieder die alten Lebensgewohnheiten aus Dili an. Um einige Zelte herum entstanden Gemüsegärten, manche züchteten Hähne, vermutlich Kampfhähne, um die Spannung bei den Wetten auf dem wöchentlichen Basar wieder aufleben zu lassen. Aber es wurde ausdrücklich empfohlen, sich in der Leidenschaft für den Hahnenkampf auf weniger grelle Farben zu beschränken und auf den abscheulichen roten Hahn, den *manu mean*, zu verzichten. Die von ihren ausgewanderten oder umgesiedelten Bewohnern hinterlassenen Zelte wurden sofort von regionalen Sportvereinen unter dem Einfluß eines charismatischen Anführers in Beschlag genommen. Sie organisierten Tanzfeste, mal in dem einen Klub aus Anlaß einer Taufe, mal in dem anderen aus Anlaß eines Geburtstages. Mehrere Fußballmannschaften bildeten sich und traten zu Spielen gegen Teams aus den Vororten an. Für die weiblichen Mannschaften gab es Basketballturniere. Ein Kinderchor in timoresischer Tracht, der an verschiedenen Orten in Portugal Folklorelieder und -tänze vorführte, wurde ins Casino do Estoril zu einem Auftritt in Anwesenheit der Fürstin Grace von Monaco bestellt. Ihr Status als Heimkehrer aus Timor wandelte sich in den von Kriegsflüchtlingen, die einerseits den lusitanischen Patriotismus weiter pflegten, mit Pilgerfahrten zu Burgen und heiligen Stätten, andächtigen Gedenkfeiern in Klöstern zu Ehren von Heldentaten, andererseits begannen sie, die timoresische Kultur zu verbreiten und von dem Drama derer zu sprechen, die in den Bergen starben und sie einige Zeit zuvor auf die andere Seite der Grenze vertrieben hatten, direkt in die Klauen der großen Echsen von Java. Aber Vale do Jamor war ein Anti-*manu mean*-Reich unter dem mehr oder weniger wachsamen Blick zweier Missionare.

Eines Tages erschienen sie im Wohnheim, ohne daß man mich informiert hatte. Sie wußten, wo sie mich finden konnten, obwohl ich ihnen überhaupt nichts gesagt hatte. Sie, das waren Domingos, Mali Mau und Nai Buti. Sie wollten mir meine Hose zurückgeben, und sie brachten ein Paar schwarze Schuhe mit, die an Domingos Hand baumelten. Dieses Geschenk erinnerte mich an ein altes Omen. Schwarze Schuhe tragen nur Tote, auch wenn sie ihr Leben lang barfuß gelaufen sind.

»Welche Größe trägst du?« fragte Domingos und stellte mir im selben Augenblick die schwarzen Schuhe vor die Füße.

»Du bist doch nicht mein Todesengel, oder?« fragte ich im Scherz. »Ich mag keine schwarzen Schuhe! Wenn ich sterbe, will ich mit bloßen Füßen aus der Welt gehen, so wie ich geboren bin. Außerdem trage ich nicht Größe 42!«

Domingos nahm die Schuhe wieder an sich und sagte, vielleicht passten sie dem großen Inácio. Nai Buti machte seinem Namen keine Ehre. Er war wirklich sehr dunkel.

Vielleicht hatte man ihm den Namen »weißer Herr« gegeben, um seine Zukunft heller zu gestalten. Er gab mir meine Hose gewaschen zurück, fragte aber nicht nach seiner Markenhose. Wir setzten uns auf mein Bett, und Domingos griff, obwohl er gar nicht spielen konnte, nach meiner Gitarre und fing an, einen *tebe* zu zupfen. Die beiden anderen sangen und forderten mich zum Mitsingen auf. Ich holte eine angebrochene Brandy-Flasche aus dem Schrank, und es wurde gesungen, bis der Flascheninhalt bis auf den letzten Tropfen geleert war.

»Wir haben einen Kulturkreis«, sagte Domingos.

»Einen was?!« fragte ich verblüfft.

»Einen Kulturkreis! Tänze und Lieder des Maubere!«

Zum ersten Mal hörte ich einen Einheimischen sich selbst als solchen bezeichnen. Als waschechten Maubere. Aber schließlich war ihnen das Terrain auch besser vertraut. So wie dem Büffel trockener Boden ebenso wie schlammiger Morast. Mein Kulturbegriff, herausgebildet durch Lektüre in Räumen voller dicker, schwerer Bücher, wurde gründlich erschüttert durch die Art und Weise, wie er, ein Analphabet, das Wort Kultur stolz aussprach. Aber sie waren mit einer Botschaft und einem Begehren gekommen. Die kleine Probe, die sie in meinem Zimmer veranstaltet hatten, war eine kaschierte Aufforderung, mich dem Verein anzuschließen. Sie sagten, ich könne vielleicht Gedichte vortragen, nicht von den nostalgischen, reaktionären Dichtern der Kolonialherren, sondern von den revolutionären unseres Landes.

So kam es, daß ich mich eines Nachmittags an einem Wochenende vorstellte, in Anwesenheit von Abílio Araújo, damals Minister der Demokratischen Republik Ost-Timor, der den Vorsitz in dem Gremium führte, das über meine Aufnahme entschied. Das war meine Wiederbegegnung mit dem Hochbegabten, von dem ich einmal geglaubt hatte, er würde zusammen mit Mário Carrascalão in die Verwaltung des portugiesischen Territoriums Timor eintreten. Ich mußte wegen meiner bürgerlichen, dekadenten Vergangenheit und konterrevolutionären Praxis Selbstkritik üben. Nach der gleichen Methode wie früher im Priesterseminar bei den öffentlichen Beichten während der Exerzitien. Offensichtlich dachte er daran zurück, denn als ich meine Ausführungen beendete, umspielte ein Mona Lisa-Lächeln seine Mundwinkel. Ich versprach, seinem Beispiel zu folgen. Mir wurde keine Buße auferlegt. Aber das rätselhafte Lächeln lastete wie eine Tonne Rosenkränze auf mir. Ich wurde in das *knua* der für kulturelle, aber auch militärische Einsätze bereiten Mauberes aufgenommen, wobei ich bis heute nicht weiß, ob das Ziel der militärischen Einsätze, wie der Minister sagte, Maputo war, wo sich die Fraktion der Verräter einquartiert hatte, oder die Überquerung der Timor-See in einem pedalbetriebenen U-Boot, dessen Konstruktion sich irgend jemand ausgedacht hatte. Es war die Zeit, als angesichts der Mauer des Schweigens um die Nachrichten, die aus dem Landesinnern kamen, jeder verpflichtet war, alle anderen an Kühnheit zu übertreffen. Zum Glück haben sie in Timor niemals irgendeine Heldentat von uns erwartet. Sie sagten, sie rechneten nur auf ihre eigenen Leute, während wir ständig die Devise ausgaben, ohne zu wissen, daß ihre Botschaft an die Apostel der Sache gerichtet war. Und die verzehrten sich in der Ferne. Während der Traum von der Konstruktion des selbstgebauten U-Boots gepflegt wurde, fuhren wir von Norden bis Süden, von einer Gemeinde zur anderen durch das Land, tanzten *tebe*, sangen die Hymne der FRETILIN *Foho Ramelau* und trugen Gedichte von Borja Costa vor. Wir konkurrierten mit den in Vale do Jamor unter dem Emblem der UDT entstandenen Kulturkreisen, die für sich den Status von Asien-Portugiesen beanspruchten. Gleichzeitig ließen wir die Tanzfeste von früher wieder aufleben, mit Musik, bei der man die Köpfe und die Herzen – und was sich dann noch ergab – aneinander schmiegen konnte, um die Zögerlichen zu gewinnen, und ersetzten die Texte über Liebe durch suggestive Zeilen voller Sehnsucht nach der Heimat und den dort Gebliebenen, um empfindsame Seelen anzusprechen. Mit jedem neuen Tanzfest wurde das Vale do Jamor weiter erobert, vor allem, nachdem die führenden Köpfe besagter Partei, von einer angenehmeren Situation verlockt, nach Australien gegangen waren und ihre Gefolgsleute den roten Eindringlingen überlassen hatten. Ein trauriges Los, das dieser Gefolgsleute! Uns wurde der Verteidigungsminister vorgestellt, auch er ein Ex-Seminarist, früher Tenor und durchtrainierter Langstreckenläufer, der sich in den Pausen zwischen den Revolutionsliedern auf seine künstlerische

Ader besann und voller Sehnsucht im Tremolo die Balladen vom Priesterseminar in Dare anstimmte. »Einmal Dare, immer Dare!« flüsterte mir ein Kamerad zu, ein überzeugter Ex-Priester. Aber ich stellte fest, daß der Gute unter dem Gewicht der ministeriellen Verantwortung zusehends dicker wurde. Ins Ausland geschickt, um für konkrete Unterstützung zu werben, hatte er sich in diversen Ecken der Welt bemüht, doch was ihn dort erwartete, ging nicht über einen Empfang mit Marschmusik und Fanfaren hinaus. Weshalb er in seiner Qual Trost bei den Hymnen suchte, die er gesungen hatte, als er noch fromm war und seine stimmlichen Fähigkeiten zum Lob der Ewigkeit eingesetzt hatte. Die Erinnerung an jene klangvollen Tage lenkte meine Aufmerksamkeit jedoch nicht von der Tatsache ab, daß ich mich in Gegenwart von Ministern von Ost-Timor befand. Im Grunde nur ein alternativer, nicht-kirchlicher Altar, aber auch ein Altar, schließlich waren die Seminaristen für die Kanzel ausgebildet. Anstatt die Seelen der Heiden zu retten, hatten sie fortan den nicht minder wichtigen Auftrag, das Leben der Mauberes zu retten. Um jegliches Mißverständnis von vornherein auszuschließen, damit ihm niemand Böses nachsagen konnte, und weil er etwas Konkretes präsentieren mußte, nahm er sofort ministerielles Verhalten an und faßte die Kultur-Mauberes zu einer militärischen Abteilung zusammen, versehen mit Abzeichen wie die der kolonialen Streitkräfte. Jetzt mußte nur noch die See überquert werden. Von dem Schiffskonstrukteur hatte niemand mehr gehört. Die Nachrichten sprachen von militärischen Siegen, doch die Einkesselungs- und Vernichtungskampagnen des indonesischen Heeres richteten eine wahre Verwüstung an, die in dem Tod von Nicolau Lobato gipfelte, dem vom Kampf freigestellten Bruder des Verteidigungsministers, beide Söhne des unvergessenen Mestre Narciso aus Soibada.

Es war Ende des Jahres 1978. Die Auseinandersetzungen um die Macht in den Regierungskreisen im Ausland, bei denen alle einander an Maubere-Tapferkeit übertreffen wollten, um das Mandat allein für sich in Anspruch zu nehmen, hatten in Timor Wunden geschlagen. Ein hoher Amtsträger erleichterte sich auf Tétum mit den Worten, es sei besser, *ida idak buka nia dalam*. Damit war der Traum ausgeträumt. Jeder »seinen eigenen Weg gehend«, machten wir am ersten Tag des Jahres 1979 einen Spaziergang am Fluß. Domingos teilte mir mit, sein chinesischer Chef, der sich in Australien niedergelassen hatte, habe ihm das Angebot gemacht, zu ihm zu kommen. Er werde kein Chinesensklave, kein *china-atan* mehr sein, denn der Sohn des Chefs war bei der Invasion auch ums Leben gekommen. Mali Mau sagte kein Wort und blickte unablässig auf den Fluß, wo ein Stück Zeitung auf dem Wasser trieb. Er fischte es heraus, als wäre es eine Botschaft von der anderen Seite des Meeres. Er sagte, da stehe etwas über Timor, obwohl er es nicht lesen konnte. Tatsächlich stand da eine kleine Notiz über den Tod des Führers. Mali Mau faltete das nasse Papier zu einem Schiffchen, pustete und gab es dem Fluß zurück, wo es schließlich unter den Wellen der Fähren nach Cacilhas unterging. Dann setzte er sich neben mich. Er wischte sich die Tränen ab und begann mit einer langen Geschichte, er habe sie noch nie jemandem erzählt, sagte er, doch träume er regelmäßig davon und sei dabei immer so in Schweiß gebadet, als läge er tief unten im Fluß.

»Als meine Mutter mit mir schwanger war, wünschte sie sich für ihr Kind eine Zukunft in Wohlstand. Sie erkundigte sich bei begüterten Leuten, wie sie es zu ihrem Wohlstand gebracht hatten, doch diese antworteten ihr mit vollendeten Tatsachen wie Erbschaften oder angeborene Gaben, weshalb sie bald aufgab. Eines Tages aber erschien eine alte Frau und sagte, falls das Glück sie anhauche, könnte es vielleicht zu einer Begegnung mit der Pontiana, dem Geist der Verführung, kommen. Da meine Mutter nicht an den Zufall glaubte, sorgte sie vor. Jeden Abend setzte sie sich vor dem Haus neben den alten *gondoeiro*, in dem ihrer Meinung nach die Pontiana wohnte. Sie rüstete sich mit dem Duft von Blumen und Sandelholz und stellte zusätzlich einen mit Wasser gefüllten Tontopf auf, der sie wie ein Spiegel anlocken sollte. Sie glaubte, die Pontiana werde sich, eitel wie alle Verführerinnen, bestimmt über den Topf beugen und das Gesicht waschen, bevor sie sich hübsch machte, um die umherziehenden jungen Männer zu verführen. Doch wurde ihre Wache immer wieder durch Käuze gestört, also entzündete sie, abergläubisch wie sie war, ein Feuer und verscheuchte mit den glühenden Scheiten die lärmenden Eindringlinge. Oder mein Vater kam und verlangte, sie solle sich zu ihm auf die Schlafmatte legen. Und wenn sie nicht zu ihm komme, dann müsse er sich mit der Besagten anlegen. Viele Monde vergingen, und vom langen Warten wurde meine Mutter, während ich sie immer mehr ausfüllte, selbst immer abgezehrter. Als ich das Licht der Welt erblickte und meinen ersten Schrei tat, gab sie ihren letzten Seufzer von sich und verlosch in der Dunkelheit. Mein Vater begrub sie neben dem *gondoeiro* und schwor der Pontiana Rache. Als er den Baum abhacken wollte, entstand im Laub ein Wirbel, darin erblickte er das Gesicht meiner Mutter, und er lief hinter dem Wirbelwind her, der Unheil und Plünderung säend durch das Land zog. So daß er bei den Bauern als der Dieb des Sturms bekannt wurde. Sie legten sich oft in den Hinterhalt und rechneten sich aus, wann er zum zigsten Mal durch ein Tal zwischen zwei Hügeln kommen mußte, einen Korridor, durch den der Wind ging. Nach den zwei wichtigsten Familien aufgeteilt, stellten sie sich am Eingang auf. Bestimmt war er müde, sagten sie. Als der Sturm kam, zogen sie von beiden Seiten am Seil, und er stürzte zu Boden. Er wirkte wie ein Wildpferd mit wehender Mähne, der Speichel lief ihm aus dem Mund, seine Lungen stießen keuchend die Luft aus, die sich im Laufe von einem halben Jahrtausend angesammelt hatte, seit er den Geist meiner Mutter verfolgte. Als sie meinen Vater beerdigten, entbrannte zwischen den beiden Häusern, die sich zusammengetan hatten, um ihn einzufangen, ein Streit darüber, wem das Seil gehörte. Jeder beanspruchte es allein für sich. Aus dem Dorf verstoßen, fanden die Angehörigen des Hauses Kaibauk Zuflucht in der Grotte der großen Echse, und diese versprach sogleich Vergeltung. So kam es, daß mein Dorf, bis dahin von der Familie des Hauses Nakroma beherrscht, in Brand gesteckt wurde. Ich zog von einem Ort zum anderen. Schließlich landete ich hier, als wäre ich auf dem Grund des Flusses hierher gelangt. Deshalb fühle ich diese ständige Feuchtigkeit in mir.«

»Weißt du was? Ich bekomme auch keine Luft mehr, wie dein Vater«, sagte ich, als könnten meine Worte ihn in der Kränkung trösten, die seine Brust, gefesselt von den hervorstehenden Rippen, sprengen wollte.

Mali Mau breitete die Hände aus, warf die Fesseln ab und atmete mit weiter Brust die kalte Luft ein, die durch den Gang am Säulenkai blies.

»Ich bleibe hier!« Er wies auf das Reiterstandbild des Königs Dom José.

Noch heute wandert er durch die Baixa, mal schlendert er um das Denkmal herum, mal sitzt er am Kai, mal mischt er sich unter die Straßenhändler, die Armbänder, Leder, Talmischmuck und Träume verkaufen. Er hat sich das Haar à la Bob Marley wachsen lassen, aber sein schmächtiger Körper und der leichte, lockere Gang verweisen auf seine Maubere-Seele. Manchmal hilft er António bei seinem Auftritt als lebende Statue. Er setzt sich auf die Erde, wie seine Mutter, und durchlebt noch einmal das lange Warten auf die Pontiana, für eine Zukunft in Wohlstand.

António beugt sich vor, wenn eine Münze klimpert, und die Rasta-Stimme bei den Säulen singt:

»*No woman, no cry!*«

## 10.

Ich erhielt von der Familie die Nachricht, daß er inzwischen aus dem Urwald nach Hause gekommen war. Nach Hause gekommen war eigentlich nicht richtig, eher der Stadt lebend zurückgegeben. Ich hätte nie geglaubt, daß er soviel ertragen konnte. Als Kind hatte ich erlebt, wie er, wenn er krank war, zur Spritze griff und sich Penicillin ins Gesäß spritzte. Wie ein Tier, das seine Wunden leckt, ohne auf fremde Hilfe zu warten. Doch sein fortgeschrittenes Alter und die lange Zeit ohne jede Nachricht hatten in mir ernsthafte Zweifel aufkommen lassen. Bei Wind und Wetter im Urwald unterwegs, das hatte meine Hoffnung, ihn noch lebend wiederzusehen, von Tag zu Tag schwinden lassen. Meine Mutter hatte sich geweigert, vorzeitig Trauer anzulegen, um sich nicht ins Unglück zu stürzen. Als er in Liquiçá erschien, wurde ich sofort benachrichtigt. Damit wurde er zu meinem Helden. Nicht so sehr wegen heroischer Taten oder dem Engagement für die Sache, sondern weil er die einen wie die anderen überlebt hatte. Vor allem nach den Geschichten, die jene erzählten, die die Entbehrungen des Guerillakrieges und die Peinigungen durch das indonesische Militär mitgemacht hatten und später zurückgeholt worden waren von dem Land, das einstmals als Mutterland gegolten hatte, dann als Kolonialmacht entmystifiziert worden war und schließlich Zufluchtsort für das vom

Roten Kreuz organisierte Programm zur Familienzusammenführung wurde. Sie fanden sich wieder zusammen, dank der alten Kolonialbeziehung, die das abgesetzte Mutterland seinen früheren Untertanen noch zugestand, auch wenn die Nabelschnur auf eine Art und Weise durchtrennt worden war, daß das Kind bluten und die Mutter leiden mußte.

Ich fuhr zum Flughafen, um ihn abzuholen. Dieses Mal hatte ich die Gewißheit, einen direkten Verwandten in die Arme schließen zu können. Er kam, gestützt von der Familie. Keiner weinte, weil die Tränen versiegt waren oder weil die Seele das Naß, das mit seinem Rinnen den Menschen menschlicher macht, lieber für andere Momente zurückhalten wollte. Er umarmte mich wie geistesabwesend. Ich spürte nicht die Wärme des Blutes, das früher die Adern an seinen Schläfen anschwellen ließ, wenn er schweißgebadet nach Hause kam, nachdem er in ein entlegenes Dorf geritten war, um das Leben eines Kranken zu retten, und mich zufrieden auf den Schoß nahm und in den Schlaf wiegte. Man konnte meinen, er hätte all seinen roten Lebenssaft auf der Erde vergossen, bevor er ins Flugzeug stieg. Als wüßte er, weshalb er kam, obwohl er offiziell gesagt hatte, er wolle das verlorene Gedächtnis wiedererlangen. Er hatte den heidnischen, unsteten, aufbegehrenden Geist der Einheimischen mitgebracht, manchmal zog dieser sich zurück und ließ ihn durch die Zeit wandern, dann wieder kehrte er mit dem Gewicht und der Autorität der Tradition zurück. Anscheinend hatte ihm die lange Reise Spaß gemacht und auch, daß er auf dem Interkontinentalflug in der Luft gewesen war. Ich mußte zurückdenken, um ihn zu verstehen. Er erinnerte mich an meine Kindheit, als ich nach der Überfahrt über das Meer zwischen Dili und Ataúro am Ende der Reise mich nicht mehr auf den Beinen halten konnte und auf die Erde gesackt war, von den Wellen gewiegt, aber froh, wieder festen Boden unter den Füßen zu haben. Ich war sicher, wenn er sich erst einmal von der Reise erholt hatte, dann würde er ganz langsam aus den Tiefen seines Gedächtnisses die Erinnerung an dieses Land hervorholen, das er mir einstmals als das wahre dargestellt hatte, in der Konjugation der Verben, der Summe der Rechenaufgaben, der geographischen Landschaft, dem Fahren in den Zügen mit dem Aussteigen auf dem Knotenpunktbahnhof von Entroncamento. Er hatte die Angewohnheit, in einem dicken portugiesischen Wörterbuch zu lesen. Und ich glaubte, die durch die Qualen verdunkelten Wörter würden, eins mit dem anderen verknüpft, bestimmt wieder ans Tageslicht kommen. Aber durch die lange Zeit im Urwald hatte er das Vokabular vergessen. Wenn er etwas sagte, fügte er in seine Sätze Wörter aus den verschiedenen Sprachen der Einheimischen ein, die er während seiner Tätigkeit als Krankenpfleger gelernt hatte, um die Leiden zu erkennen, die sich hinter den Ausdrücken der Patienten verbargen. Gelegentlich holte er auch das Englisch hervor, das er von den australischen Soldaten im Zweiten Weltkrieg gelernt hatte. Der Gedächtnisverlust ließ dafür andere Erinnerungen wieder aufleben. Er grüßte die Passanten, in der

Meinung, sie seien Verwandte oder ehemalige Patienten, und da sie seinen Gruß nicht erwiderten, sagte er, ihm sei unbegreiflich, wieso die Menschen so vergeßlich seien oder sich so schnell nicht mehr erinnern könnten. Und dann schimpfte er wütend:

»Kommunisten!«

Ich habe ihn nie enttäuscht erlebt. Raum fehlte ihm, er fühlte sich eingesperrt in den vier Wänden einer Pension der Sozialversicherung. Hin und wieder verschwand er und behauptete hinterher, er sei im Urwald gewesen. Um zu atmen. Aber er ging zum Bahnhof und sah zu, wie die Züge ihm zufolge nach Maubisse, Tutala, Balibó und anderen Orten, deren Namen nur er kannte, abfuhren. Die Zeit verging und mit ihr die Hoffnung, daß er sich erholen und endlich die Genugtuung würde genießen können, daß ihn die Realität so begeisterte, wie er es mir zuvor aus Pflichtgefühl beigebracht hatte.

Früher, unter der portugiesischen Verwaltung, hatte er als Staatsdiener ein Anrecht auf den heißbegehrten Urlaub. Doch er dachte nie daran, er hatte zu viel mit den zahlreichen Kindern und Kranken zu tun. In bedauerndem Ton sagte er, das sei ein Privileg derer, die aus dem Mutterland stammten oder verwandtschaftliche Beziehungen zu Europäern hatten. Für ihn, den Einheimischen, sei eine Gratifikation in Form von Aspirin angemessen. Zum Kurieren des Leids, weil er diesseits des Kaps der Stürme bleiben mußte. Und er lehrte mich, die Tabletten zu zerkauen, damit sie bei den Kopfschmerzen vor den Prüfungen schneller wirkten. Er hatte alle Papiere, die er finden konnte, mitgebracht, um die Wiedereingliederung und eine Rente zu beantragen, mit deren Hilfe er eine Reise durch das reale Land hätte machen können. Als ich von dieser Möglichkeit sprach, antwortete er mir, er habe schon alles gesehen und verspüre nicht die geringste Lust, all diese Wege und Orte noch einmal zu bereisen. Er sehnte sich in den Urwald zurück. Er erfuhr vom Tod alter Freunde und Bekannter, betagt wie er, die vor den Qualen in der Heimat geflohen waren und in der Kälte des Winters oder Trockenheit des Sommers starben. Aber zu den Beerdigungen ging er nicht. Nicht, weil er es nicht wollte. Die Familie wollte ihm die *via dolorosa* dessen ersparen, was auch ihm widerfahren konnte. Zu sehen, wie die Erde tausendfach neu umgegraben wurde. Nicht die Ruhe der Toten, sondern die Zeitspanne, die dem Leib gegeben wurde, und die Wiederausgrabung der Knochen. Ich dachte über das Schicksal dieser alten Menschen nach, die auf der Flucht vor einem gewaltsamen Tod ganze Kontinente überquert hatten und hier an Altersschwäche starben, ohne daß auf ihren Gräbern der weiße Eukalyptus und hohes Gras wachsen durften. Wie die Büffel, die, von der Strömung des Carau-ulum mitgerissen, im Schlick der Mündung versinken, wo sich der Fluß in das Mann-Meer oder *tassi mane* ergießt.

Nach erfolgter Wiedereingliederung beschloß er, eine eigene Wohnung zu suchen, auf der anderen Seite vom Fluß, in der Nähe der weiten trüben Wasserfläche vor dem Ort Miratejo. Um einen einzigartigen Blick auf die Stadt zu haben, die einmal die Hauptstadt des Imperiums gewesen war. Eine billige Wohnung, ein enger Käfig, sozusagen das Vermächtnis all dessen, was er seit dem Internat in der Klosterschule von Soibada, dann unter der japanischen Invasion, auf seiner Wanderschaft als Krankenpfleger durch das gesamte Territorium, während der Gefangenschaft im Bürgerkrieg und schließlich der langen Zeit bei der Guerilla im Urwald erworben hatte. Nachdem er eine Bleibe gefunden hatte, konnte er endlich zu den ständig stattfindenden, verspäteten Versöhnungsfeiern der timoresischen Parteien im Exil gehen, die nun versprachen, sich gegenseitig zu respektieren und sich in eine weniger aggressive Couleur zu kleiden. Die Roten rosiger und die Blauen fast himmelblau.

Er erschien von Zeit zu Zeit. Da er weit draußen wohnte, mußte er mit dem Zug fahren, dann mit der Fähre und schließlich mit dem Bus. Er hatte keine Eile. Bewegte sich, als gehörte ihm alle Zeit der Welt. Das ist vermutlich der einzige Vorteil, den das Leben den Alten gewährt. Er ging so langsam wie die Büffel, die ihre Hufe im Schlamm versinken lassen, und sein Blick war so leidend und gequält wie der Blick der Haustiere und der Tiere beim *estilu*. Er klingelte, dann stieg er in den ersten Stock hinauf, zog den Hut, wischte sich damit den Schweiß vom Gesicht, begrüßte meine Eltern auf Tétum. Dann setzte er sich, den Fotoapparat über der Schulter. Während er tief durchatmete, sagte er, die Schwimmer aus Ataúro seien in Soibada die besten gewesen. Letzteren Ortsnamen sprach er mit besonderer Betonung aus, um bei mir Respekt und Achtung zu wecken. Er, das war Mestre Alberto. Der einzige Alte, der meinen Vater besuchte. Er war nach der Invasion nach Portugal gekommen und verbrachte nun seine Zeit damit, Ereignisse für die Nachwelt festzuhalten. Er besuchte Timoresen, nahm alte Beziehungen wieder auf und verbreitete Neuigkeiten und andere Wahrheiten. Er hatte mehrfach Pilgerfahrten ins Heilige Land und zu anderen heiligen Stätten unternommen. Von den besuchten Orten brachte er Fotografien mit und erzählte Geschichten, mal kürzere, mal längere. Mein Vater blickte geistesabwesend zur Decke, er hätte gern auch Fotografien gezeigt, aber andere, die er im Kopf hatte, nur konnte er nicht die Negative hervorholen. Beide wollten Trophäen ihrer Irrfahrten zeigen. Sie aßen zu Mittag und sprachen von fernen, verschwundenen Bekannten. Von Mestre Marçal, Mestre Quintão, Krankenpfleger Soundso und vielen anderen. Und irgendwann beim Erzählen stiegen ihnen die Tränen in die Augen, dann überspielten sie das mit den Worten, nun sei es an der Zeit, ein paar Fotos für die Nachwelt zu machen. Sie stellten sich abwechselnd mit ernster Miene neben ein Möbelstück, das ihnen zu aufrechter Haltung verhalf, und der andere drückte auf den Auslöser. Weil sie aber vergessen hatten, ihre Kopfbedeckungen aufzusetzen, und also barhäuptig waren, inszenierten sie, nun ordentlich bekleidet, das Ganze noch einmal. Dann setzten sie sich wieder, blickten hierhin und dahin, und von Zeit zu Zeit ließ einer ein Wort fallen, wie einen Köder, um dem anderen einen längeren Dialog zu entlocken. Auf einmal sprachen beide gleichzeitig von alten, aber verschiedenen Geschichten. Zum gemeinsamen Thema kam es nur, wenn es um den Krieg von Manufahi ging. Der eine, Mestre Alberto, aus dem Reich Lacló, auf der Seite der Kolonialmacht, und mein Vater, aus Manufahi stammend, auf der Seite von Dom Boaventura. Übereinstimmend waren sie der Meinung, daß der *malae* gesündigt hatte, als er versuchte, die einheimische Königin zu verführen. Es war, als wollten sie sich noch einmal mit dem Krieg aussöhnen, der zu der endgültigen Befriedung geführt hatte. Nach fast einem Jahrhundert durchlebten sie noch einmal in der Erinnerung, was zu einem Markstein für die Geschichte von Timor geworden war. Der Aufstand und die anschließende Niederlage von Manufahi unter dem wachsamen Blick von Gago Coutinho, eben jenem, der später den Südatlantik im Flugzeug überquerte. Ihre Vorfahren hatten auf verschiedenen Seiten der Barrikaden gestanden. Sie summten Lieder aus den alten Zeiten, vermutlich wurden damit früher die Truppen angefeuert. Plötzlich verstummten sie, ihre Gesichter bekamen die harten, schmerzlichen Züge der Fastenzeit, wenn die spätnachmittägliche Dunkelheit sich über die Wohnung legte und sie in einen alten Umhang hüllte. Als wären sie aus der Vergangenheit Auferstandene. Und in diesem Moment wiesen sie mit anklagendem Finger auf die Generation, die ich repräsentierte und um deren Erziehung und Gesundheit sie sich gekümmert hatten: Was habt ihr aus uns, aus euch selbst und aus dem Volk gemacht, das wir euch lebend übergeben haben?

Sie verabschiedeten sich, und der eine trat den Heimweg an, den Blick in die Dunkelheit des Abends gerichtet, und der andere auch.

Manchmal hatte ich den Eindruck, mein Vater wolle von der Zeit im Urwald erzählen. Ich hatte im Maubere-Radio Nachrichten über die indonesischen Kampagnen und die Greueltaten gehört. Er hatte sich dort befunden, und ich brannte darauf, die Wahrheit zu erfahren. Heldentaten und Verrat, Tod und Preisgabe, Selbstmorde und Morde. Aber er ging noch weiter in der Zeit zurück, wich meinen Fragen aus und sprach von dem Krieg gegen die Japaner in einem Atemzug mit dem Krieg von Manufahi. Wenn ich versuchte, die Strapazen im Urwald anzusprechen, verschloß er sich wie ein Felsen. Dann weinte er stumm. Wie die morgendliche Feuchtigkeit, die über die Steine rinnt.

Man hatte mir erzählt, er sei tapfer und im Besitz des *matam-élic*, eines Fetischs, der es ihm ermögliche, sich in verschiedene Tiere zu verwandeln, um das Militär zu täuschen, das hinter ihm her war. Der berühmte José Alexandre, wuschelköpfiger Torhüter beim Académica, Verfasser von Sonetten und ehemals Seminarist in Dare. Er war dieser Xanana Gusmão, der die Guerilla befehligte und sowohl in den Herzen derer in den Bergen als auch in den Seelen der jungen Leute in den Orten Feuer entflammte. Ich hatte schon Fotos von ihm gesehen, mit einem Gesicht wie Che Guevara und der Pose eines Propheten. Man hatte mir einige seiner Reden gegeben, alle von einer Wortgewalt und literarischen Struktur, die mich an meinen Schulfreund

Venâncio erinnerten, wenn er über Pessoa sprach, als dieser noch nicht aus seinem Kulturschatz verbannt war. Trotzdem wurden mein Mißtrauen und meine Skepsis gegenüber Ex-Seminaristen als Führer nicht in Frage gestellt. Eher im Gegenteil. Ich fürchtete, das Erscheinen eines neuen Erleuchteten könnte das Volk in ein kollektives Verderben führen. Wie jene Propheten, die in ihrem Wahn bis zum äußersten gehen und Massen von Verzweifelten mit sich reißen. Sie sterben nie allein. Und Dare hatte schon andere Erleuchtete hervorgebracht, die dann später ihren Glanz verloren und das Volk in der Finsternis allein gelassen hatten. Doch die Tatsache, daß er die indonesischen Militärs gezwungen hatte, sich in die Berge zu begeben, um ein Waffenstillstandsabkommen auszuhandeln, ließ die Hoffnung auf bessere Zeiten keimen. Damit hatte er der selbstmörderischen Devise »Verhandeln, nie und nimmer!« ein Ende gesetzt.

Dann trafen mit Hilfe des Roten Kreuzes die ersten jungen Männer aus Timor ein und zeigten ihre Wunden und Folternarben. Ständig nannten sie den Namen des Guerillaführers. Als wären sie Abgesandte des Propheten, der sich in die Berge zurückgezogen hatte. Sie imitierten die politischen Reden des Führers, mit solcher Naivität, daß sie sogar versuchten, die sprachlichen Ticks und Tricks des Dichters nachzuahmen, doch verhedderten sie sich in den Wörtern und dem Redeaufbau und fanden dann nicht mehr aus den verwickelten Sprachgefügen heraus. Mal sprachen sie das klassische Portugiesisch, mal das aus Bidau. Für sie war die Sprache zu einem Kampfinstrument geworden. Die Struktur spielte keine Rolle. Wichtiger als die Grammatik war, den Völkermord anzuprangern, den das indonesische Militär in Timor beging. Sie waren in erster Linie Missionare ihrer Sache. Wie jene freiwilligen Dominikaner, die eines Tages in Timor landeten und ins Innere der Insel zogen, auf der Suche nach Heiden, um das Wort Gottes zu säen, die Versklavung der Seele anzuprangern und ein Paradies im Himmel zu versprechen. Diese jungen Leute kamen, um die ungläubigen Sympathisanten zu gewinnen, zu denen auch ich zählte. Mehr noch, um das Mutterland zurückzugewinnen, das sich, mit Schleier und Blumenkranz an der reichen Tafel Europas sitzend, von dem es sich auf Irrfahrten durch Länder in Übersee entfernt und dort aufbegehrende Waisen und selbständig gewordene Kinder hervorgebracht hatte, nach der Rückkehr an prächtigen Banketten bei Kerzenschein labte und in den brasilianischen Fernseh-Novelas seine glorreiche Vergangenheit und Großtaten noch einmal durchlebte. Wie eine über die Leistungen des Erstgeborenen begeisterte Mutter. Aber diese jungen Leute meinten es mit ihrer Mission wirklich ernst. An die Stelle der Gebärden der Linken mit geballter Faust trat das Schlagen des Kreuzes; und an die Stelle der revolutionären Hymnen das Gebet vor der politischen Erörterung. Als wollten sie den konkreten Beweis dafür liefern, daß es ein Volk desselben Glaubens und derselben Sprache wie Portugal gab, dessen Drama vergessen war. Ein neuer Kreuzzug der Söhne der Entdeckungsfahrer, auf der Route der heimkehrenden Karavellen gekommen. Sie verkündeten, die Kinder müßten nicht für die Fehler der Eltern büßen. Und diese dürften niemals die Hoffnung begraben, die dank des Propheten Xanana Gusmão aus der Asche zu neuem Leben erwacht sei. Mehrfach versuchte ich, mit dem alten Krankenpfleger über diese lebende Legende zu sprechen, denn früher hatte ich meine Hoffnung in die Rettung der Familienehre gesetzt, verkörpert durch meinen Bruder, einen Linksaußenverteidiger, der, von dem gefährlichen Stürmer João Metan ausgetrickst, der Länge nach zu Boden stürzte, während ich vor Scham die Augen schloß und sie gar nicht wieder aufmachte, denn das Publikum feierte das Tor der Roten, und der Torhüter lag auf der Erde. Mein Vater hat seinen Namen nie erwähnt. Aus Angst, sonst könnte sein Fetisch zerstört werden. So hat er es sein Leben lang gehalten. Wenn er über Flußläufe setzte, nannte er nicht das Geschöpf, das dort wohnte, das Krokodil. Bei der Überfahrt über das Meer sprach er nie den Namen des Herrn der Korallengewässer, der Hai, aus. Er glaubte, er befinde sich noch immer auf einer langen Überfahrt. Und daß die Menschen einen Geist oder *rain-nain* brauchen, der über ihre Wege wacht. So war es im Krieg von Manufahi mit Dom Boaventura geschehen. Dare, das bombardiert worden war, bedeckte sich dank seines Sonettdichters wieder mit seinem funkelnden Zinkdach. Da wuchs meine Hoffnung, auf die Insel Atúro zurückzukehren, wie ich es dem alten *sokão* versprochen hatte.

## 11.

Zum elften Mal war er umhergeirrt. Als man ihn zurückbrachte, hieß es, es sei nicht Aufgabe der Polizei, Leute einzusammeln, die ihr Zeitgefühl verloren haben. Seine Kleidung war naßgeschwitzt und klebte ihm wie einem Schiffbrüchigen am Leib. Sein Haar war lang und wirr, sein Bart weiß und dicht wie der eines *bé-nain*, des Wassergeistes. Nach ein paar Tagen im Haus zur Erholung von der Anstrengung, durch die Gegend zu laufen, ihm zufolge bei Betano, und nach einem umherziehenden Verwandten zu suchen, konnte er sich dank des Lichts, das durch das Fenster fiel, wieder orientieren. Als er aufstand, hielt es ihn nicht auf den Beinen, er stürzte. Aber sein Blick war in die Ferne gerichtet. Irgendwohin in den Süden. Nach mehrfachen Versuchen fand er das Gleichgewicht und seine Mitte wieder. Nachdem das Haus in Manufahi wieder hergerichtet war, bat er mich, noch einmal mit ihm an den Strand von Betano zu gehen. Dort hatten während der Besetzung durch die Japaner die australischen Schiffe angelegt, um die Flüchtlinge aufzunehmen. Er wollte mit einem Boot, das die alten australischen Truppen speziell zu diesem Zweck geschickt hatten, den Büffel retten, den er im Traum gesehen hatte, wie er vom Wasser des Carau-ulum mitgerissen wurde, der dort ins Meer mündet. Er suchte nach seiner so oft zur Behandlung seiner Patienten benutzten Schachtel mit den Spritzen, die irgendwo in Timor geblieben war. Er hielt sich an meinen Armen fest, dann ging er allein, ohne Hilfe der Krücken. Vom Strand Ponta do Mato bei Seixal sah man auf Lissabon, und bei Ebbe wirkte die Entfernung kürzer. Er sei traurig, sagte er, weil er den gesuchten Verwandten nicht gefunden habe. Dabei sei er doch extra nach Betano gegangen. Nach jedem Schritt blieb er stehen, und sein Blick schweifte über den ganzen Strand. Die Silhouetten der Fähren in der Ferne erinnerten ihn an das Rettungsschiff. Und er zog ein weißes Taschentuch heraus und winkte, um auf sich aufmerksam zu machen. Die toten Fische, von der Ebbe auf dem Strand hinterlassen, lagen unberührt. Von niemandem gefressen, schwammen sie auf dem Trockenen. Er nahm sie einen nach dem anderen auf und warf sie ins Wasser zurück. Nicht, daß er sie wieder zum Leben erwecken wollte. Er wußte, daß sie tot waren. Als ehemaliger Krankenpfleger hatte er eine klare Vorstellung vom Tod. Und daß der Fluß wie die Zeit die Schwächsten aussondert. Aber daß jemand an einem anderen Ort als dem ihm angestammten starb, war ihm schrecklich. Er sagte, die Erde habe nur dann wirklich etwas von den Menschen, wenn sie tot seien. Sie gäben immer zurück, was sie ihr genommen hätten. Als er seine Arbeit beendet hatte, ging er quer über den ganzen Strand und trat immer tiefer ins Wasser hinein. Er wollte zu Fuß durch den Fluß zu der weißen, im Sonnenlicht leuchtenden Stadt gehen. Von den Muschelsammlern zurückgebracht, rechtfertigte er sich mit den Worten, man habe ihn von der anderen Seite gerufen.

Mit einem riesigen Spiegel. Das Rettungsschiff habe sich im Ufer geirrt.

Und er im Fluß.

Dann traf der langersehnte Einladungsbrief aus Australien ein. Ich brachte ihm auf seine Bitte ein englisches Wörterbuch. Er wollte die Sprache, die er von dem *malae-matam-balanda*, dem Fremden mit den hellen Augen, gelernt hatte, wieder aktivieren. Denn sein Gedächtnis, das so vieles wieder zu Tage förderte, weigerte sich hartnäckig, ihm die passenden Wörter zurückzugeben. Wütend biß er die Zähne zusammen, übte sich in der Kunst eines *silat*-Meisters, indem er die geballten Fäuste in die Luft stieß, und fluchte auf Mambae. Doch die heißen, trockenen Junitage machten seiner Atmung schnell zu schaffen. Aus Angst, diese einmalige Chance nicht nutzen zu können, wollte er so schnell wie möglich fliegen. Er glaubte, er habe die Mission, in Australien eine alte Schuld einzutreiben. Er ließ sich das Haar kurz schneiden, rasierte sich und zog einen neuen Anzug an. Wie ein Rächer der Geschichte sah er aus. Dann fuhr er nach Lissabon, um Paßfotos machen zu lassen. Zwei verschiedene, in unterschiedlicher Haltung, als wären sie Vorder- und Rückseite. Ausgangsort und Ende der Überfahrt. Wieder zu Hause, schaffte er nicht mehr die Treppe in den ersten Stock hinauf. Er blieb im Erdgeschoß, bis die Ambulanz kam. Die wiederholten Sirenentöne verkündeten das Ende des Traums. Im Krankenhaus flüsterte er mir stockend die vertauschten Namen der australischen Soldaten ins Ohr. Er gab seine Mission an mich weiter. Das

Schicksal wollte, daß die Geschichte sich erfüllte: *mate-bandera-hum*. Ein weißes Laken, wie eine ihrer Farben und Symbole beraubte Fahne, bedeckte seinen nackten, braunen Körper. Bereit, den Rückweg zum Berg Cabalaqui anzutreten. Mit dem Tod erhielt die Devise neue Gültigkeit. Der Zauber war nicht mehr gewesen als ein echter *rain-fila*.

In Lissabons Straßen blühten die Jacarandabäume, als verlöre die Natur niemals ihr Farbgedächtnis. Gleich Fackeln wachten sie über den Gesang der *loricos*, *cacoaques* und anderer Vögel, die gelitten hatten, zur Blütezeit, der Zeit des *ai-dik-funam*.

# Glossar

*Ai-dik-funam* – Blüte des Korallenbaums *ai-dik* (*Erythrina sp.*)

*Ai-lok* – stacheliger Busch der Familie *Ziziphus mauritana*

*Aljubarrota* – Schlacht bei A., bei der die Portugiesen unter Nuno Álvares Pereira 1385 einen entscheidenden Sieg über die zahlenmäßig weit überlegenen Spanier errangen und damit dem Land 200 Jahre Frieden und die vollkommene Unabhängigkeit sicherten

*Assuwain* – Krieger

*Barlaque* – Mitgift, Brautpreis

*Beiro* – Piroge in Katamaran-Form

*Belak* – mondförmiges Schmuckstück aus Gold oder Silber, wird auf der Brust getragen

*Bibere* – Frau

*Calades* – ethnische Gruppe aus dem zentralen Gebiet, mehrheitlich Mambae sprechend

*Castelo* – Einheit der *Mocidade Portuguesa* (s.u.)

*Cipaio* – schwarzer Polizist im Dienst der weißen Kolonialmacht

*Corocora* – kleines Küstenschiff

*Corridinho* – sehr schneller Volkstanz aus dem Algarve

*Estilu* – traditionelle Weihzeremonien

*Firaku* – Bewohner der Ostspitze Timors, Macassae sprechend

*Gondoeiro* – Ficus benjamina

*Grândola, vila morena* – Dieses von der portugiesischen Zensur verbotene Lied, in dem José (Zeca) Afonso einen Aufstand von Landarbeitern besingt, wurde am frühen Morgen des 25. April 1974 als Zeichen für den Beginn der Revolution vom Rundfunksender der MFA gespielt

*Korem-metam* – Fest zum Abschluß der einjährigen Trauerzeit

*Kuda-uluns* – verächtliche Bezeichnung für die Bewohner des Bezirks Bobonaro

*Laku* – kleines Beuteltier, das in den Plantagen lebt

*Lipa* – timoresisches Tuch

*Liurai* – traditioneller Führer, eine Art Häuptling.

*Lusitas, Infantes, Vanguardistas* – nach Alter gestaffelte Gruppen der *Mocidade Portuguesa*

*Malae ain aat* – hinkender, weißer Fremder

*Manleka* – Getreidespeicher in Bäumen

*Matam-doc* – auf Tétum: fernes Auge, d.h. Visionär

*Mate-bandera-hum* – auf Tétum: unter der (portugiesischen) Fahne sterben

*Maubere* – das autochthone Timor, Bezeichnung der Timoresen ihrer selbst

*Mocidade Portuguesa* – Jugendorganisation im salazaristischen Portugal, ähnlich der Hitlerjugend

*Morna* – Liedform von den Kapverden, hierzulande bekannt geworden durch die Sängerin Cesária Évora

*Rain-fila* – nach dem Volksglauben Trick der Natur, sich unerwünschter Eindringlinge zu erwehren, indem sie sich verkehrtherum darstellt

*Sai-asso* – auf Tétum: Verschwinde, du Hund!
*Suku* – Dorf
*Surik* – Dolch
*Sandokan* – Berühmter Held des malaysischen Kinos und des italienischen Schriftstellers Salgari
*Takas* – Spitzname, von der weibl. Form des port. Wortes *tacão* (Absatz) abgeleitet
*Tua-akar* – Palmwein
*Vale do Jamor* – erstes Auffanglager für timoresische Flüchtlinge, in der Mehrzahl Sympathisanten der UDT, in der Nähe von Lissabon
*Vira* – Volkstanz aus dem Nordwesten Portugals

## Organisationen

ANP (Acção Nacional Popular) – Nationale Volksaktion. Rechtsgerichtete Staatspartei des Salazar-Nachfolgers Marcelo Caetano mit Ablegern in den Kolonien

APODETI (Associação Popular Democrática Timorense) – Demokratischer Volksbund Timors. Setzte sich für ein Referendum über den Anschluß Ost-Timors an Indonesien ein

FRETILIN (Frente Revolucionária de Timor-Leste Independente) – Revolutionäre Front für ein unabhängiges Ost-Timor. Linksgerichtete Partei, die für die sofortige

Unabhängigkeit kämpfte, ideologisch den Befreiungskämpfern in den afrikanischen Kolonien verwandt

MFA (Movimento das Forças Armadas) – Bewegung der Streitkräfte. Löste am 25. April 1974 die Nelkenrevolution in Portugal aus

Partido Integracionista – Integrationspartei. Setzte sich für den Anschluß an Indonesien ein

Partido Nacionalista – Nationalistische Partei. Gemäßigte Partei, strebte Unabhängigkeit an

UDT (União Democrática Timorense) – Demokratische Union Timors. Konservative Partei der mit dem Verwaltungsapparat der Kolonialmacht Verbundenen, vertrat die Linie progressiver Autonomie unter portugiesischer Hoheit bis zur künftigen Unabhängigkeit

Seit 1975 wurden in Ost-Timor über 200000 Menschen ermordet (das entspricht etwa einem Viertel der ehemals 850000 Einwohner). Seither herrscht in dem Land bittere Armut, 70 Prozent der Bevölkerung unter 30 Jahren finden keine Arbeit, 70 Prozent der Kinder unter fünf Jahren leiden an Unterernährung. Die Kindersterblichkeit in Ost-Timor gilt als die höchste der Welt.

**Die wichtigsten Daten in der Geschichte Ost-Timors:**

**1702** Ost-Timor wird portugiesische Kolonie

**25. April 1974** Militärputsch in Lissabon. Entkolonialisierungspolitik Portugals

**28. November 1975** Die linksgerichtete Organisation FRETILIN ruft nach Abzug der portugiesischen Kolonialverwaltung zur Unabhängigkeit Ost-Timors auf

**7. Dezember 1975** Ost-Timor wird vom indonesischen Regime widerrechtlich und brutal okkupiert

**17. Juli 1976** Ost-Timor wird als 27. Provinz von Indonesien einverleibt. Die UNO betrachtet jedoch Portugal weiterhin als rechtmäßige Verwaltungsmacht

**1983** In einer Resolution der Menschenrechtskommission der UNO wird die Unabhängigkeit Ost-Timors bestätigt

**12. November 1992** Der Führer der ost-timoresischen Widerstandsbewegung Xanana Gusmão wird festgenommen und zu lebenslänglicher Haft verurteilt. Erst am 7. September 1999 wird er aus der Haft entlassen

**11. Oktober 1996** Die prominenten Menschenrechtler Bischof Carlos Belo und José Ramos-Horta, die für das von Indonesien besetzte Ost-Timor streiten, werden mit dem Friedensnobelpreis ausgezeichnet

**21. Mai 1998** Der indonesische Präsident Suharto wird im Zuge von Studentenprotesten gestürzt. Sein Nachfolger wird Habibie, der einige Reformen einleitet

**5. Mai 1999** Die Außenminister Indonesiens und Portugals einigen sich auf ein Referendum über Autonomie oder völlige Unabhängigkeit Ost-Timors

**30. August 1999** Abstimmung unter Aufsicht der Vereinten Nationen: Die Bevölkerung Ost-Timors (Wahlbeteiligung liegt bei 98,6 %) spricht sich mit großer Mehrheit

(78,5 %) für die Unabhängigkeit und damit gegen einen Autonomiestatus aus. Daraufhin folgt eine Welle der Gewalt und Zerstörung von seiten indonesischer Militärs und pro-indonesischer Milizen

**30. September 1999** Die UNO entsendet Blauhelme nach Ost-Timor, um das Morden zu beenden

**20. Oktober 1999** Die erste freie Wahl in Indonesien bringt Präsident Wahid an die Macht. Die Unabhängigkeit Ost-Timors wird definitiv beschlossen

**24. Oktober 1999** Der ehemalige Rebellenführer und Unabhängigkeitskämpfer Gusmão wird zum Chef des Nationalrats (CNRT) Ost-Timors ernannt

**9. April 2001** Der Unabhängigkeitskämpfer Manuel Carrascãlo wird zum neuen Präsidenten des Nationalrats in Ost-Timor gewählt

Ombai-Straße
Liquiça
Dare
Ermera
Letefoho
Atsabe
Mt.
Tatamailau
(Ramelau)
Maliana
Bobonaro
Atambua
OE-CUSSE
(Ost-Timor)
Suai
West-Timor
(Indonesien)

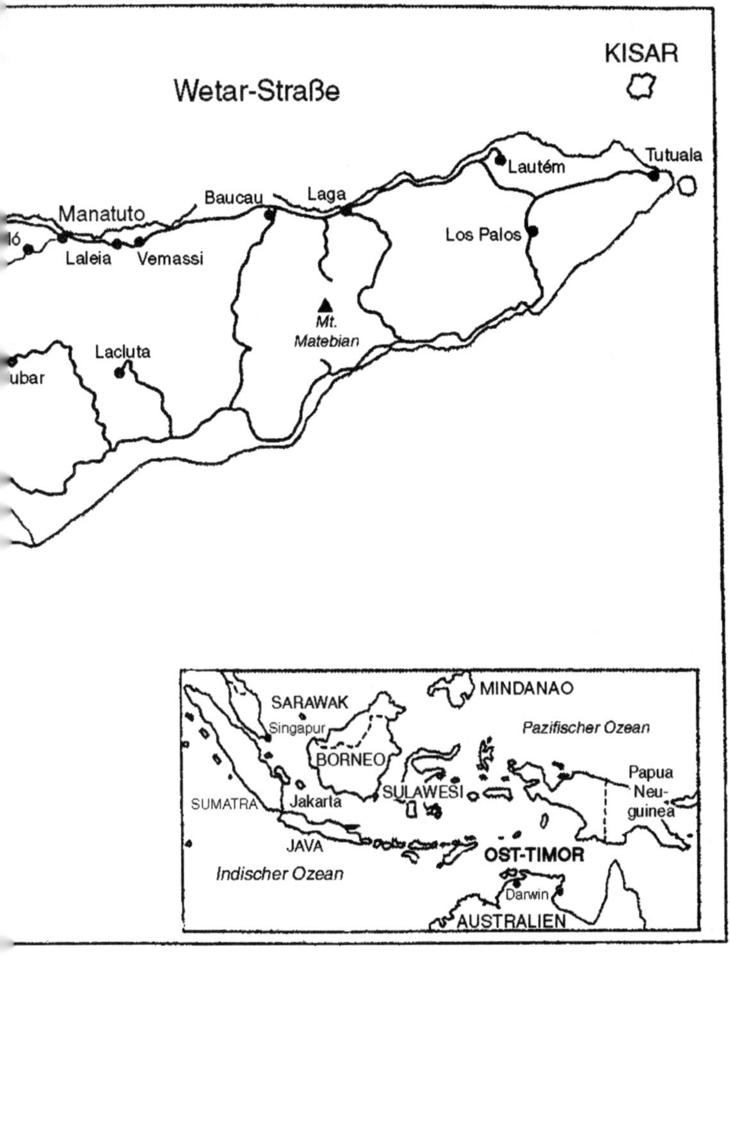

KISAR
Wetar-Straße
Tutuala
Lautém
Baucau
Laga
Manatuto
Los Palos
Laleia
Vemassi
Mt.
Matebian
Lacluta
MINDANAO
SARAWAK
Singapur
Pazifischer Ozean
BORNEO
Papua
Neu-
guinea
SUMATRA
Jakarta
SULAWESI
JAVA
OST-TIMOR
Indischer Ozean
Darwin
AUSTRALIEN